徳間文庫

十津川警部 殺意の交錯

西村京太郎

徳間書店

目次

河津・天城連続殺人事件

第一章　河津《かわづ》七滝《ななだる》

1

冬の陽《ひ》は、落ちるのが早い。
まして、この辺りは、山あいだから、五時を過ぎると、暗くなった。
K旅館の前には、さっきから、篝火《かがりび》が焚《た》かれて、和風の玄関を引き立てていた。
その女性客が、K旅館に現われたのは、六時少し前だった。
フロントで、
「河津《かわづ》駅から電話した後藤《ごとう》ですけど」
と、いう。
フロント係は、肯《うなず》いて、

「東京の後藤ゆみ様ですね？」

「そうです。二日ほど、泊まりたいんです」

「菊の間が、空いておりますので、すぐ、案内させます」

フロント係は、仲居《なかい》を呼んで、部屋のカギを渡した。

仲居は、二十年近く、このK旅館で働く、ベテランの井上美奈子《いのうえみなこ》だった。

後藤ゆみという女性客を、奥の部屋に案内しながら、素早く、観察した。

年齢は、三十歳前後と、いうところだろう。ハーフコートで、今はやりの革のリュックサックを背負っている。

色白の美人だが、どことなく、暗い。第一、正月の八日に、女ひとりで来ること自体、何かわけありの感じだった。

菊の間に案内し、お茶と、和菓子をすすめてから、美奈子は、宿帳を差し出して、記帳を頼んだ。

女は、美奈子の差し出したボールペンは使わず、ポケットから出した万年筆で、

〈東京都世田谷区《せたがや》太子堂《たいしどう》×丁目六―三〇二
後藤ゆみ〉

と、書いた。

後藤ゆみは、そのあと、「よろしくお願いしますわ」といって、一万円のチップを、美奈子の手にのせた。

礼をいって、宿帳を持って、廊下に出た美奈子だったが、しきりに、首をかしげていた。丁度、通りかかった女将《おかみ》の久子《ひさこ》が、それを見て、

「どうしたんです？」

と、声をかけた。

「今、東京の後藤さんという女の方を、菊の間にご案内したんですけど」

「ああ、河津駅から、電話をしてきたお客様でしょう？」

「そうなんです。これが、その方なんです」

と、美奈子が、宿帳を、女将に見せた。

「これが、どうしたの？」

「確か、去年の十一月に、東京の後藤ゆみさんが、お泊まりになりました。この近くの河津七滝《ななだる》を、ひとりで、見にいらっしゃって、滝に落ちて、亡くなった方です」

「確かに、そういうお客様が、いたわね」

女将も、思い出して、肯いた。

「同じ、お名前です」

「でも、同じ名前の人って、いらっしゃるでしょう？」

「住所も同じなんですよ。確か、同じ世田谷区太子堂の×丁目六の三〇二でした」

「本当なの？」

「ええ、間違いありませんわ」

「でも、別の方なんでしょう？」

「ええ。もちろん、別の人です。年齢も、上のようです」

「念のために、去年の宿帳を見てみましょう」

と、女将は、いった。

二人は、去年十一月の宿帳を取り出して、調べてみた。

十一月十二日の宿泊客は、全部で二十名だった。

その中に、間違いなく、後藤ゆみの名前があった。しかも、住所は、今日と同じ、世田谷区太子堂×丁目六―三〇二となっている。

「やっぱりですわ」

美奈子は、ちょっと、得意気にいった。

「どうなっているのかしらね」

「気味が、悪いですわ」

「あなたが、菊の間の受け持ちなんでしょう?」

「ええ」

「それとなく、お客様に聞いてみてくれないかしら? 何か犯罪にでも関係していると困るから」

と、女将の久子は、いった。

去年十一月十二日に、このK旅館に泊まった、後藤ゆみという女性客は、三日間の予定だったのだが、二日目の十一月十三日、朝食のあと、七滝見物に行くといって、旅館を出たまま、帰って来なかった。

翌日の朝、七滝の一つ、蛇滝《へびだる》の滝壺《たきつぼ》で、死体で浮かんでいるのが発見されたのである。

警察は、他殺、事故死、それに自殺の可能性を考えて調査した。

しかし、現在も、他殺、事故死の両面からの、捜査は続いている。

その死んだ女と同名で、同じ住所の客が、同じK旅館にやって来たのだから、女将や、仲居が、気味悪がるのは、当然だった。

と、いって、ずけずけと、聞くわけには、いかない。

仲居の美奈子は、それとなく、その女性客に、当たってみた。

「ご観光で、いらっしゃったんですか？　まだ、河津桜が咲くには、早過ぎますけど」

「もちろん、河津七滝を見物に来たんです」

「滝がお好きなんですね？」

「ええ。ここでは、短い距離の中で、七つも、形の変わった滝が見られるから、来たんですよ」

「明日、見物に？」

「ええ。さっそく。楽しみにしていますわ」

女は、微笑した。

2

「七滝見物が、目的のようですよ」

と、美奈子は、女将に、報告した。

「どういう気なのかしらねえ」

「ふざけているようには、見えないんですけど」

「でも、性質《たち》の悪いいたずらよねえ。きっと、去年亡くなった後藤ゆみさんの友だちか何かで、ふざけて、面白がっているんじゃないの？」

「何を面白がっているんでしょう？」

「多分、私たちの反応じゃないかしら？　私たちが、あれっと思って、びっくりする。その反応を見て楽しんでいるのよ。きっと」

女将は、眉《まゆ》をひそめた。

「悪趣味ですね」

「そうよ。でも、法律に触れるわけじゃないから、どうすることも出来ないわ。泊まるのを断るわけにはいかないし——」

「そうですよ。偽名で泊まる人は、今までにもいらっしゃいましたしね」

「じゃあ、見守っていて、何かあったら、知らせて頂戴《ちょうだい》」

と、女将は、いった。

今年の正月は、去年と同じように、暖かい日が、続いている。

翌日、朝食がすむと、女は、

「七滝を、見物しに行って来ますわ」
と、いい、ハンドバッグを下げて、出かけて行った。
河津七滝は、上流から、下流にかけて、次のように、並んでいる。
釜滝《かまだる》
エビ滝《だる》
蛇滝
初景滝《しょけいだる》
カニ滝《だる》
出合滝《であいだる》
大滝《おおだる》
それぞれ、エビや、蛇に似ているので、つけられている滝である。
一番下流にある大滝が、七滝の中で、一番大きくて、雄大だった。
伊豆《いず》半島には、河津七滝の他に、伊豆随一の浄蓮《じょうれん》の滝や、平滑《ひらなめ》の滝といった、多くの滝が、存在している。これは地形の嶮《けわ》しいせいだろう。

浄蓮の滝では、滝の主《ぬし》は、女郎グモだといわれている。滝には、そういう伝説が多く、河津七滝でも、土地の悪霊を退治するために、兄弟が、七つの酒樽《さかだる》を用意して、相手を酔わせて、退治しようとしたという言い伝えがあり、その酒樽から流れた酒が、七つの滝となったともいわれている。そのため、河津では、滝のことを、「たる」と呼ぶ人もいるという。

河津七滝の中の初景滝には、川端康成《かわばたやすなり》の「伊豆の踊子」にちなんだ「踊子像」が、立っていて、毎年十一月二十日から、ここで、滝まつりが行われる。

河津温泉郷にやってくる人たちは、もちろん、温泉を楽しむのだが、他にも、いろいろと、楽しむことが出来る。

二月になれば、早咲きの河津桜の美しさを見られるし、夏になれば、海水浴も楽しめる。

釣りは、四季を通じて楽しめる。その他、食事を楽しむ人もいるが、景色としては、やはり、河津七滝になってくる。

ただ、冬は、さすがに、滝の見物客も少なくなる。正月にやってきて、七滝見物に行くというのは、よほど、滝が好きなのだろう。

Ｋ旅館の女将は、ふと、不安を感じた。

　去年の十一月には、後藤ゆみという泊まり客が、七滝の中の一つ、蛇滝で死んだ。同じ名前の泊まり客がやって来て、同じように、滝見物に出かけた。

（まさか）

　とは、思うのだが、あの女も、七滝のどれかに落ちて死んでしまうのではないか。ふと、そんな嫌な想像をしたのである。

　陽が落ちても、帰って来ないので、心配になってきたが、午後六時近くなって、彼女が戻ってきて、女将は、ほっとした。

「お寒かったでしょう？」

　と、女将が声をかけると、女は、疲れた表情で、

「七滝を全部、歩いて、見て来たんで、疲れたわ」

「そりゃあ、疲れますよ。男の人の足だって、一度に、全部を見て廻《まわ》るのは、大変なんですから。お昼は、どうなさったんです？」

「釜滝の近くに、お茶屋があるでしょう。あそこで五平餅《ごへいもち》を食べて、甘酒を飲んだんです。おいしかった」

「ああ、あのお茶屋ねえ」

　と、女将は、肯いた。

釜滝茶屋と呼ばれる店で、天城《あまぎ》名物、七滝五平餅を売っている。値段は百五十円、その他、甘酒や、ところてんなども、売っている店だった。

「お客さん、いました?」

「ほとんど、見かけなかったわ。寒いからかしらね」

「そうでしょうね。お夕食ですけど、六時、六時半、七時です。どれにします?」

「ひと休みしたいので、七時に、お願いしますわ」

と、女は、いった。

部屋での食事ということで、仲居の美奈子が、女の部屋に、夕食を運んだ。

彼女は、温泉に入ったらしく、さっぱりとした顔で、浴衣《ゆかた》に着がえていた。

「七滝を、全部、見ていらっしゃったんですってね」

と、美奈子は、膳《ぜん》の用意をしながら、いった。

「ええ。ゆっくり、休み休みね。初景滝のところには、人が、結構いたわ」

「あそこには、伊豆の踊子の像が立っているから、記念写真を撮《と》る人が、多いんですよ」

「そうね。でも、景色は、何処《どこ》も、素晴らしいわ」

女は、笑顔で、いった。

「二月になれば、河津桜が咲いて、素敵ですよ。どうして、正月に？」

と、美奈子は、きいてみた。

「本当は、正月三が日に来たかったんだけど、満員で」

「お客さまは、何をしていらっしゃるんです？」

「フリーター」

「ああ、今、流行《はやり》の？」

「流行《はや》ってことはないけど」

と、女は、苦笑した。

「結婚なさってるんですか？」

「どうして？」

「きれいな女の方を見ると、どうしても、そんなことに興味を持ってしまうんですよ。ご不快でしたら、ごめんなさい」

「別に、不快じゃないけど、まだ、結婚はしてませんよ。その方が、気楽に、旅行も出来るし、他人《ひと》のために、あれこれ、つくすのは、嫌なの。そういう性格じゃないのね」

女は、そういって、小さく、肩をすくめて見せた。

夕食のあと、女は、歩き疲れたので、マッサージを頼みたいと、いった。

マッサージが来たのは、十一時。

女は、マッサージの最中に、うとうとしていた。

3

翌朝、女将は、朝刊を見て、びっくりした。

七滝の一つ、釜滝の近くの河原《かわら》で、男が一人、死体で発見されたという記事が出ていたのだ。

釜滝は、七滝の一番上流にある滝で、高さ二十二メートル、幅二メートルと、大滝についで、二番目に大きな滝である。

その滝に向かう吊橋《つりばし》があり、その下は、岩肌のむき出した河原だ。

そこに、三十歳くらいの男が、死んでいたという。

革ジャンパーを着て、スニーカーをはいている。その死体の胸には、銃弾が、三発命中していた。明らかな殺人なのだ。

その男の名前は、竹内健治《たけうちけんじ》。東京の人間だという。

新聞には、それだけしか、のっていなかった。

美奈子が、朝食を運んでいくと、女は、朝刊を見ていた。

「事件のこと、読みました？」

と、美奈子は、声をかけた。

「ええ。この辺りは、何も起きない、静かなところだと思ってたから、びっくりしたわ。殺人が、起きるなんて」

「本当は、平和で、静かなんですよ。こんなことが起きて、観光客が、来なくなると、一番、心配してるんですけどねえ」

「そうね」

「今日も、七滝の見物に行くんですか？」

「どうしようかしら？」

「今日は、止《ゃ》めといた方がいいですよ。警察も来ているだろうし、マスコミだって、来てるでしょうから」

「そうね。じゃあ、天城峠の方でも、行ってみようかしら」

「そうなさい。タクシーを呼びましょうか？」

「いいえ。外に出て、自分で、探すわ」

と、女は、いった。

4

静岡県警は、河津警察署に、捜査本部を置いた。
県警の三浦《みうら》警部が、捜査の指揮に当たることになった。
五十歳。叩《たた》き上げの刑事である。
黒板には、死体の写真が、引き伸ばされて、四枚、止めてある。
他に、現場の写真が五枚。
「この吊橋の上で射《う》たれて、河原に、転落したんだな」
と、三浦は、いった。
問題の吊橋には、次の掲示がある。

一度に五人以上渡らないこと
橋を揺すったり、ふざけたりしないこと
足元に気をつけること

河津町

一見頑丈そうに見えるが、ゆれる吊橋であることは、三浦も見てきた。ワイヤーの手すりだから、簡単に落ちてしまうだろう。

犯人は、橋の上で、被害者を、射ったのだ。被害者の後頭部の裂傷は、岩肌に落下したときの傷に違いない。

初景滝から下の滝には、冬でも、見物人が何人かいるが、一番上の釜滝まで見に来る人は少ない。だから、目撃者は、まだ、見つかっていない。

「被害者が東京の人間なので、警視庁に協力要請をしています」

と、井上《いのうえ》刑事が、いった。

黒板には、被害者の名前も、チョークで、書きつけてある。

竹内健治（三十歳）
東京都港《みなと》区芝浦《しばうら》×丁目
芝浦コーポ五〇六号

「泊まっていた旅館はまだわからないのか？」

「目下、問い合わせ中です」

と、井上が、答える。

静岡大学から、司法解剖の結果が、電話で、報告されてきた。

死因は、弾丸が、心臓に命中したことによるショック死。

死亡推定時刻は、一月九日の午後二時から三時。

死体の後頭部、手足に打撲傷あり。

「まっ昼間に殺したんだ」

と、三浦は、呟《つぶや》いた。

だが、目撃者は見つからない。多分、その時、誰も、その場にはいなかったのだろう。

東京の警視庁からの回答は、なかなか、来なかった。

「そんなに難しい経歴の持ち主なのかねえ？」

と、三浦は、いった。

「若い男だから、そんなに複雑な経歴があるとも思えませんが」

と、井上も、いった。

夕方になって、警視庁からの報告の代わりに、十津川《とつがわ》という警部が、亀井《かめい》という刑事を連れて、やって来た。

本庁の警部がやって来たことで、三浦は、固い表情になり、

「電話でも、結構でしたのに」

「私も、そう思いましたが」

と、十津川警部は、いった。

「いろいろと、問題のある男なので、直接、お会いして、説明した方がいいと、考えたのです」

「まさか、前科何犯という凶悪犯《きょうあくはん》ということじゃないでしょうね？」

「前科はありません」

「じゃあ、どこに問題があるんですか？」

「竹内健治は、カメラマンを自称しています。これは、全く、でたらめでもありません。アマチュアカメラマンのグループに、所属していて、伊豆や、北海道の写真を、カメラ雑誌に、発表したことがあります」

「それだけじゃないんでしょう？」

「東京都内で、去年、続けて、三人の女性が、殺された事件がありました」

「知っています。確か、二十代の女性ばかりが、狙《ねら》われたという事件でしたね。あれは、まだ、犯人が、捕まらずにいるんじゃありませんか？」

「残念ながら、捕まっていません」

「その事件と、竹内とは、どういう関係があるんですか？」

「竹内は、容疑者の一人なんです」

「そうだったんですか」

「この一連の事件ですが、一年間に、三人の若い女性がレイプされたあと、殺されています。特徴的なことが、いくつかあり、そのために、同一犯人の犯行と考えるようになったわけです。正確にいえば、同一のグループです。第一が、被害者を、レイプした犯人は、膣《ちつ》内の精液を調べた結果、一人ではなく、二人から三人と、考えられたことです。第二は、レイプの後で、殺していること。そして、第三は、犯人たちは、被害者の写真を撮っている節があるのです」

「写真の件は、初耳ですが――」

と、三浦は、口をはさんだ。

十津川は、肯いた。

「まだ、この件については、われわれも、発表していません。実は、あるルートで、殺された女性の写真が、出廻っているという噂《うわさ》があるのです。それもヌード写真です」

「それを、ご覧になったことがあるんですか？」

「私は、見ていませんが、見たという人間が、いるらしいのです。三人目の被害者は、二十三歳のＯＬなんですが、その女性の写真があるというのです」

「その話には、信憑性《しんぴょうせい》があるんですか？」

「半々だと思っています。その写真は、明らかに死体を写したものだったといいます」

「つまり、犯人たちは、殺したあと、被害者のヌード写真を撮っているというわけですか？」

「その可能性が否定できません。どうも、犯人たちは、その写真を、自分たちで、楽しんでいるのではないか。それが、たまたま、洩《も》れて、目撃者が出たのではないかと、私は、考えているのです」

「それで、アマチュアカメラマンの線が出て来たというわけですか？」

「写真を見た二人の証言で、その写真の構図《トリミング》や、ライトの当て方などを、専門家に話したところ、かなりの腕を持った者ではないかという結論になったのです」

「なるほど」

「それで、問題の竹内健治ですが、前科はありませんが、証拠がなくて、釈放された事件、それも、婦女暴行事件の容疑が、かけられたことが、過去に、四回もあるのです」

「それで、マークしていたということですか？」

「それだけではありません。竹内は、自分たちで、TENというグループを作っていて一緒に旅行に出かけたり、撮影会をやったりしているのです」

「TENですか？」

「三人のイニシャルを並べたものです。竹内健治、江波匡《えなみただし》、中西収《なかにしおさむ》の三人です。いずれも同じ三十代で、独身、アマチュアカメラマンです」

「人数も、合致しているわけですね」

「そうです」

「アマチュアカメラマンというと、仕事は、何をしている連中なんですか？」

「殺された竹内は、いわゆるフリーター。江波は、医者、中西は、一応、俳優ということになっていますが、チョイ役でしかテレビに出ていません。しかし、父親が、大手のプロダクションの社長で、金には、困っていません」

「竹内ですが、もし、彼のマンションに、殺された三人の女性の写真があったら、犯人と見ていいんじゃありませんか？」

「その通りです。それで、こちらから、竹内健治が殺されたという知らせを受けるとすぐ、彼のマンションに駈《か》けつけ、徹底的に、２ＬＤＫの部屋を調べました」

「それで、問題の写真は、出て来たんですか？」

「残念ながら、見つかりませんでした」

「すると、いぜんとして、連続暴行殺人については、容疑のままということになりますか？」

「そうですが、全く、収穫がなかったわけではありません。彼の部屋には、専用の暗室があるのですが、彼が撮った写真は、何冊ものアルバムに、きちんと整理されていました。そのアルバムには、ナンバーが、振ってありましたが、順番に見ていくと、面白いことが、わかったのです」

「どんなことですか？」

「最初の中《うち》は、普通に、風景写真や、人物写真を撮っているのですが、それが、ヌード写真になり、それが、ヌードでも、わいせつなものになり、一番新しいアルバムには、もっと、グロテスクな写真もありました」

「グロテスクというのは、どういうものですか？」

「外科手術の写真です」

「外科手術？」

「そうです。或《あ》いは、血まみれで、担架にのっている女の写真」

「どうやって、そんなものを、撮ったんですかね？」

「ＴＥＮの一人、江波は、総合病院の院長の息子です。救急病院ですから、交通事故で、重傷を負った人間も、運ばれてくるわけです。外科手術もあります。それを、撮ったものではないかと、思います」

「ひどいものですね」

「しかし、法律には、触れません」

「そうですが――」

「ただ、こう思うのです。彼等は、普通の写真に飽きてしまい、死体を撮りたいというところまでいってしまったのではないかと」

「そうだとすれば、病気ですね」

「そうです。病気です」

十津川は、きっぱりと、いってから、

「しかし、インターネットで、死体の写真を見て楽しむ連中がいるということを、聞いたことがあります」

これは、犯罪心理学者に聞いたのである。

今、インターネットで、薬物の売買が、問題になっているが、死体や、外科手術、或いは、交通事故で、血まみれになった現場の写真が、堂々と、発表されているというのである。

「これに、かなりの需要があるんですよ。それも、一見、普通の人間が、インターネットに接続して、こうした写真を楽しんでいるんです。一歩間違えば、犯罪者になりかねないと、思うんですがね」

と、その犯罪心理学者は、いったのである。

5

その日は、河津温泉郷の中の旅館に泊まり、翌日、十津川と、亀井は、三浦の案内で、殺人現場の釜滝を見に出かけた。

旅館を出て五、六分歩くと、朱塗りの初景橋にぶつかる。

肌寒く、人の姿はない。

十津川は、旅館で貰《もら》った河津七滝の案内図を見ながら、

「いつも、こんなものですか？」

「そうですね。今が、一番観光客が、少ないと思います。とにかく、伊豆でも、この辺りは、寒いですから」

と、三浦は、いった。

橋を渡ると、車両通行止めの標識が、立っていた。ここから先は、歩くことになる。

殺された竹内も、犯人も、歩いて、現場の釜滝に行ったのだろう。

伊豆の踊子の像のある初景滝から、狭い遊歩道を歩いて、一番上にある釜滝に向かった。

凸凹のある山道である。

初景滝では、今日も、数人の観光客がいたが、そこを離れると、誰にも会わなかった。

四十分も歩くと、問題の吊橋に着いた。

相変わらず、誰もいない。

「この吊橋の向こうが、釜滝ですが、この橋の上で、被害者は射たれて、落下したも

のと思われます」

　と、三浦は、いった。

「三発射たれていたんでしたね？」

「そうです」

「すると、転落したあとも、犯人は、二発、射ったということになるのかな？」

　十津川は、亀井と、顔を見合わせた。

「そうでしょうね。犯人は、止《とど》めを刺したかったんでしょう」

　と、亀井は、いった。

「カメラは、あったんですか？」

「ありません」

「滝の音が聞こえますね」

　と、十津川は、いった。頭上の木の枝が、太陽をさえぎって、うす暗い。

　ともかく、十津川たちは、釜滝の見える場所まで、歩いて行った。

　高さ二十二メートル。音を立てて、水が、落下している。

　まだ、観光客の姿は、見えない。

「ここまで、竹内は、滝を見に来たんだろうか？」

十津川が、自問するように、いう。

「そうは、思えませんね」

と、三浦が、いった。

七滝の中で、一番人気のあるのが、初景滝か、大滝で、寒いのに、この釜滝まで見に来る観光客は、めったにないと、いった。

その時、三浦の携帯電話が鳴った。それを受けて、三浦は、十津川に、

「竹内が泊まっていた旅館が、わかったそうです。行ってみましょう」

と、いった。

十津川たちは、初景橋まで戻り、そこで、パトカーに乗って、問題の旅館に向かった。

河津温泉郷の中では、大きいRホテルだった。

竹内は、ここに、「木村新吾《きむらしんご》」という偽名で、泊まっていた。ホテル、旅館を特定できなかったのは、そのためだった。

チェック・インしたのは、一月八日。翌日の九日に、殺されたわけである。

十津川たちは、彼の泊まった部屋を見せて貰った。

一泊二万円の部屋である。内湯も、温泉だった。

竹内の所持品として、リュックと、カメラバッグが、残っていた。カメラバッグの中に、カメラは、入っていなかった。

「カメラを持って、現場に行ったようですね」

と、三浦が、いう。

「彼が、愛用していたのは、ライカM6です。犯人が、持ち去ったんでしょう」

十津川が、いう。

あとは、フロント係や、仲居から、話を聞くことになった。

竹内は、ポルシェ911で、やって来た。その車は、ホテルの駐車場にあった。

「ここから、彼は、何処《どこ》かに、電話をかけませんでしたか？　或いは、電話が、かかって来たことは、ありませんか？」

と、三浦が、きいた。

「携帯電話をお持ちで、それをかけているのは、見ています」

と、仲居が、いった。

その携帯電話も、無くなっているのだ。と、いうことは、カメラと、携帯電話を持って、竹内は、釜滝に向かったということなのか。

「その電話は、どんな電話だったか、わかりませんか？」

と、十津川が、仲居にきいた。

「どんなといいますと？」

「内容が、わかれば、一番いいんですが、相手が、男か女かでも、わかれば、助かるんですがね」

「お相手が、男か女かわかりませんが、お客さんは、少しおくれるようなことを、いっていらっしゃいましたわ」

と、仲居は、いう。

「その電話は、いつのことですか？」

「一月九日の朝食の時です」

「朝食のあと、外出したんですね？」

「はい」

「何時頃ですか？　外出したのは」

「午前十一時頃だったと思います」

と、フロント係が、答えた。

「朝食は、何時でした？」

「午前八時半です」

と、仲居。

「それから、外出するまで、彼は、何をしていたんでしょうか？」

「部屋で、テレビを見て、それから、ロビーで、コーヒーを、お飲みになって、それから、出かけて行かれたんです」

「出かけるとき、何かいっていませんでしたか？」

「いいえ。何もおっしゃらずに、ちょっと、出てくると、おっしゃって、部屋のキーを預けていかれました」

と、フロント係は、いった。

フロントには、河津七滝の案内パンフレットが、置いてある。

「彼は、これを、持って行きませんでしたか？」

と、十津川は、きいた。

「確か、お持ちにはならなかったと思います」

「現場にも、落ちていないから、持って行かなかったんだと思いますね」

と、三浦も、いった。

「じゃあ、竹内は、前に、河津七滝に来たことが、あるのかも知れませんね」

十津川が、いった。

フロント係にも、仲居にも、河津七滝への道を聞いていないことがわかった。と、すれば、なおさら、前に来た可能性が、強くなってくる。

「十津川さんは、竹内が、東京の連続殺人事件の容疑者だったと、いわれましたね?」

三浦が、確認するように、きいた。

「そうです」

「となると、今回の竹内の死と、その連続殺人事件と、関係があると、お考えですか?」

「そう思ったので、急いで、伺ったのです」

と、十津川は、いった。

十津川は、手帳を広げ、それにメモした連続殺人事件について、ゆっくり、話していった。

6

第一の事件が起きたのは、去年の二月十四日だった。

珍しく、東京に、前日の十三日の夕方から、雪が降り始めて、十四日の朝には、一面の銀世界になった。雪が止んだのは、午前六時頃である。

雪に慣れていない都内では、各所で、車の渋滞が生まれた。

それでも、子供たちだけは、明るくなると、雪遊びに、熱中し始めた。雪ダルマを作ったり、スキーを持ち出して、滑ったりし始めたのだ。

井《い》の頭《かしら》公園でも、近所の子供たちが、集まってきた。新雪を求めて、公園の奥へ入って行く。まだ、足跡のついていない、真っ白な雪を、いじりたいのだ。

その中の一人が、ふいに、「あれ！」と、声をあげた。眼の前に、人形が、雪に埋まっているのを、見つけたからである。

「あッ。雪ダルマだ！」

と、叫んだ子供もいた。

だが、それは、人形でも、雪ダルマでもなかった。

裸の若い女が、背中を丸める恰好《かっこう》で、積雪に、埋もれていたのである。しかも、女は、後手《うしろで》に手錠をかけられていたのだ。

当然、一一〇番され、十津川たちが、井の頭公園に急行した。

その頃には、都内の道路に積もった雪は、車に、蹂躙《じゅうりん》され、うす汚れてしまっていた。十津川たちの乗ったパトカーは、更に、それを、踏みつけ、蹴散《けち》らして、現場に到着した。

公園の中に、足を踏み入れると、さすがに、ここは、車のタイヤの跡もなく、子供たちの足跡しか、まだついていなかった。

刑事たちは、注意しながら、死体に、近づいていった。

うす陽が射《さ》してきて、その陽差しが、女の死体を、くっきりと、見せている。しかし、雪に濡《ぬ》れた死体を、仰向《あおむ》けにすると、醜く歪《ゆが》んだ顔が、むき出しになった。それは、苦痛を、そのまま、閉じ籠《こ》めているようにも見えた。

のどに食い込んでいる黒い紐《ひも》。なぜか、裸の肌についている傷。それは、鞭《むち》で打ったように見える。玩具《おもちゃ》の手錠が、手首に、紫色の充血の痕《あと》をつけていた。

じっと、見ていると、この若い女が、どんな、ひどい目に遭《あ》ったかが、わかってくるようだった。それでも、鑑識は、冷静に、写真を撮っていく。

西本《にしもと》と日下《くさか》の二人が、子供たちに、死体を発見した時の模様を聞いている。

「犯人は、多分、雪の降る前か、降っている途中に、ここに死体を放り出して、行ったんだと思いますね。そのあと、雪が、死体に降り積もっていったんでしょう」

亀井が、周囲を見廻しながら、いった。

「そうだろうな」

と、十津川は、呟く。だから、犯人の足跡も、犯人が乗って来たかも知れない車の痕も、消されてしまっている。

「マスコミは、きっと、猟奇殺人と、書き立てるでしょうね」

亀井が、ぶぜんとした顔になっていた。

その通りになった。

テレビも、夕刊も、「裸」と「手錠」の文字を並べ、女の肌についた傷から、「SM殺人」と、書き立てた。

十津川たちは、そんなことよりも、まず、死体の身元を割り出すのに、全力をあげた。何処の誰かわからなければ、捜査は、一歩も進まないと、思ったからである。

身長百六十センチ。体重五十二キロ。血液型A。年齢二十五、六歳。

それが、今、わかっている被害者のデータだった。

だが、身元は、なかなか、判明しなかった。

司法解剖の結果の方が、先に出た。

死因は、頸部《けいぶ》圧迫による窒息死。死亡推定時刻は、二月十三日の午後九時から十時。

やはり、雪が降り出した後だった。

もう一つ、興味ある報告があった。死体には、レイプされた形跡があるのだが、相手は、複数だというのである。膣内の精液から見て、少なくとも、二人以上だという。

このことは、しばらく、秘密にすることが、決められた。

女の身元がわかったのは、三日後だった。

スーパーOで、経理をやっている木下《きのした》あいという二十五歳の女性が、自分の知っている友だちではないかと、捜査本部に、連絡してきたのだ。

何枚かの写真を見せると、間違いありませんと、彼女は、いった。

その同僚の名前は、横本《よこもと》あかり。二十五歳。

「一カ月前に、会社を辞めているんです。その後、何の連絡もありませんでした。私は、てっきり、結婚するので、辞めたんだと思っていたんですけど」

と、木下あいは、涙声になっていた。

彼女が教えてくれた住所に、十津川たちは、パトカーで、急いだ。

三鷹《みたか》にある1LDKのマンションだった。そこで、横本あかりという女について、いくつかの発見をした。

彼女とつき合いのある男の名前も、わかった。スーパーOを辞めてから、定職についていないこともわかった。

サラ金に、五十万円の借金があることもわかった。

だが、いずれも、犯人逮捕に、結びつかなかったのである。彼女とつき合いのあった男は、三人いたが、いずれの男にも、確固としたアリバイが、あった。

彼女は、運転免許を取っていたが、車は持っていなかったし、免許証は、見つからなかった。恐らく、犯人たちが、服などと一緒に、始末してしまったのだろう。

容疑者が、いっこうに浮かんで来ないことで、行きずりの犯行説が、濃厚になってきた。

複数の男が、何処かで、横本あかりと接触し、レイプした揚句、殺害したに違いない。そう考えざるを得なかった。

7

そのまま、五月十二日になって、第二の事件が起きた。

連休が終わって、何となく、虚脱した空気の中で、その死体は、発見されたのである。

奥多摩《おくたま》の街道沿いに、ポツンと大型バスが一台、駐《と》めてあった。

車が五、六台駐められる駐車場も作られている。登山客目当てに、大型バスを改造して、喫茶店が出来たのだが、あっという間に、潰《つぶ》れてしまったのである。

まだ、店の看板も、残っているし、バスの窓ガラスには、メニューも、書かれている。

そのバスの車内で、発見されたのだ。

その日、車で、奥多摩に来たカップルが、ひと休みしようとして、その駐車場に、車を入れた。女が、車内で、化粧を直している間に、男は、好奇心で、バスの中をのぞき込んだ。

バスの窓には、汚れたカーテンがかかっていて、車内は、うす暗かったので、最初は、ぼんやりと、何か、人形みたいなものが置いてあるなと、思っただけである。

その中《うち》に、それが、人間とわかった。

車内は、改造され、テーブルが、並んでいるのだが、そのテーブルの一つに、若い女が、裸で、仰向けに、寝ていたのだ。

近づいてみると、女が死んでいるのがわかって、男は、声にならない叫び声をあげた。

女は、二十代で、手錠をかけられ、鎖で、テーブルにつながれていた。それに、首に巻きついた黒い紐。

その知らせを受けて十津川たちは、歯がみをしながら、奥多摩に向かった。

青梅《おうめ》駅から、バスが出ている。そのバスが一時間に一本ぐらいの間隔で通る街道沿いだった。

ところどころに、川魚料理の店や、喫茶店がある。しかし、その半分くらいは、店を閉め、中には、朽ちかけている店もあった。

十津川たちが、現場に着いた時、青梅署の警官が、現場保存に当たってくれていた。

車内に入り、死体と、向かい合う。十津川たちの顔は、いずれも、険しかった。これは、明らかに、第二の犠牲者だった。それなのに、まだ、容疑者すら、浮かんでいないのである。

亀井が、テーブルにつないでいる鎖を外し、苦痛と、恐怖にゆがむ被害者の眼を閉じてやった。

女の肌に、第一の被害者のような、鞭の痕と思われるものは、見られなかった。その代わりに、白い肌に、点々と、小さな焼け痕のようなものが、見つかった。

「スタンガンを当てたんじゃないか」

と、十津川は、いった。

「そうだとすると、犯人の行動は、エスカレートしたことになるのかも知れませんね」

亀井が、いう。

今回は、すぐ、判明した。バスの車内に、被害者の運転免許証が落ちていたからだった。

犯人たちが、落としたのに気付かなかったのか、それとも、わざと落としていったのかわからなかった。

被害者の名前は、中川《なかがわ》かえで。二十三歳。住所は、練馬《ねりま》区富士見台《ふじみだい》のマンションだった。

十津川たちは、死体を司法解剖に廻してから、彼女のマンションに廻った。

ありふれた1Kの部屋だった。彼女は、軽自動車を持っていて、その車は、マンション近くの駐車場に、置かれているのがわかった。

中川かえでは、M銀行江古田《えごた》支店のOLだった。五月十日は、普通に、勤務していた。それが、翌十一日から、無断欠勤している。

十日の夕刊から、ドアの郵便受けに入っていたから、十日の午後、犯人たちに、拉致《らち》されたのかも知れなかった。

彼女の部屋にあった写真や、手紙、それに、電話の傍《そば》にあったメモなどから、二人の男性と、親しくしていたことが、わかった。

同じＭ銀行江古田支店で働く男性行員と、大学時代からつき合っていた男である。

司法解剖の結果、死亡推定時刻は、五月十一日の午前三時から四時の間と、わかった。

死因は、第一の殺人と同じく、頸部圧迫による窒息死で、肌についている傷は、十津川たちの想像どおり、スタンガンによる焼け痕だった。

十日の夕刊が、マンションに入っていたことと、十一日早朝の死亡ということで、十津川は、一つのストーリイを、考えた。

中川かえでは、多分、銀行からの帰途、犯人に拉致されたのだろう。犯人（犯人たち）は、車で、彼女を、青梅の、あのバスの車内に運び、裸にして、レイプ。そのあげく、スタンガンを身体《からだ》に当てて暴行、そして、首を絞めて、殺したのだ。

廃バスだから、犯人たちは、懐中電灯の明かりでも使ったのだろう。

そう考えると、一層、陰惨な感じを受ける。

「それにしても、午前三時から四時という時間は、困りましたね」

と、亀井は、いう。

その通りだった。容疑者のアリバイを、一番つかみにくい時間なのだ。

中川かえでと、親しかったという二人の男を訊問《じんもん》すると、案の定、二人とも、その時間は、自宅マンションで、寝ていたというのである。普通、たいていの人間は、寝ている時間だから、反撥《はんぱつ》のしようがない。

そこで、十津川は、二人の男の交友関係を、調査することにした。

今度の事件の犯人は、集団レイプをしているのだ。もし、犯人なら、他に、一人か二人のワルがいる筈《はず》だと、思ったのだ。

それと、第一の殺人事件についての、この二人のアリバイも、調べてみた。

十津川は、第一、第二の事件とも、同じ犯人と考えていたからである。

二人の男には、それぞれ、マージャン仲間や、ゴルフ仲間などがいたが、とても、集団レイプしそうなワル仲間ではなかった。その上、二人には、第一の殺人事件について、アリバイがあることが、わかった。

「被害者の間には、何の関係もないことが、わかってきました」

と、十津川は、三上《みかみ》本部長に、自分の考えを、いった。

「つまり、犯人たちは、行き当たりばったりに、犠牲者を選んで、誘拐し、レイプして、殺しているというのかね？」

「そうとしか、思えません。第一の事件の被害者、横本あかりと、第二の事件の被害者、中川かえでとの共通点といえば、若い二十代の女性ということだけで、いくら、調べても、二人の間に、何らかの関係があったという事実は、出て来ないのです。学校も、生まれた場所も違います。二人が、何処かで出会っていたという形跡もありません」

「顔立ちは、似ているんじゃないのか？」

「そうです。強いて、共通点を探せば、二十代の若い女性だということ、現代風な美人で、身長は、百六十センチ前後、ということで、これは、犯人たちの好みを示しているのかも知れません」

「犯人たちは、自分の好みのタイプの女性を探して、誘拐しているのか」

「連中は、また、同じことをやると、私は、考えています」

「いつ、何処で？」

三上が、険しい眼になって、きいた。

「二つの事件は、東京で起きているので、第三の事件も、東京で、起きるだろうということは、考えられます。今のところ、考えられるのは、そのくらいのことですが――」

「それじゃあ、何もわからないのと、同じじゃないか」

三上は、腹立たしげに、声を荒らげた。

「口惜《くや》しいのですが、これが、実情です」

「犯人像は、どうなんだ？」

「若い男たちだという想像はつきます。それに、連中は、殺人を楽しんでいます。まるで、遊戯のようにです」

「変質者か？」

「そうは、思いません」

「どうしてだ？　一人の女を、裸にして、痛めつけ、最後には、殺してしまうんだろう？　まともな神経の持ち主なら、出来ることじゃないだろうが？」

「一見、そう見えますが、私は、犯人は二人以上、多分、三人だろうと思っています」

「そのことは、何回も聞いたよ」

「三人もの変質者だということは、考えにくいのです。もし、そんなグループなら、どこかで、ボロを出して、自滅していると思います」

「すると、普通の人間が、三人集まって、あんな、ひどいことをやっているというのかね？」

三上は、首をかしげた。

「そうです。だから、なかなか、犯人像が浮かんで来ないのだと、思っています」

「理由は、何だ？」

「何の理由ですか？」

「普通の人間が、突然、それほど、凶暴《きょうぼう》に、非人間的になれる理由だよ。何か理由があって、突然、変わるんだろう？」

「そうですね。突然、普通の兵士が、凶暴で、残忍になるそうですが」

「しかし、兵士は、戦場だから、狂気に襲われるんだろう。東京は、戦場じゃないぞ」

三上本部長は、終始、機嫌が、悪かった。

今回の二つの事件は、いやでも、普通の事件に比べて、マスコミが、大きく、取り上げるだろう。当然、警察に対する風当たりも、強くなる。三上は、それを、心配していたに違いなかったし、管理者としては、当然の心配だった。

第二章　犯人像

1

事件解決の手がかりも、つかめないままに、時間だけが、たっていった。

夏が、やってきた。

今年は、冷夏だといわれ、梅雨《つゆ》が、なかなか、明けなかったが、それでも、八月に入ると、暑い日が続くようになった。

八月七日も、朝から暑かった。

江東区《こうとう》東雲《しののめ》にあるA冷凍KKの冷凍倉庫の前で、出勤して来た社員は、がくぜんとしてしまった。

並んだ大型冷凍倉庫の一つの鍵《かぎ》が、こわされているのを、見つけたからである。

その冷凍庫は、マイナス三十度に保たれている筈《はず》だった。

巨大な冷凍庫の中身は、オーストラリアから輸入した牛肉である。

社員は、すぐ、温度計に眼をやった。

マイナス十度を、針が、指していた。

二十度の差が、中の大量の牛肉に、どんな影響を与えるのか、わからない。

何者かが、昨夜、この冷凍庫の鍵をこわし、中の温度を、マイナス十度にしたのだ。

なぜ、誰が、そんなことをしたのかわからないままに、社員は、電話で、事務所に連絡をとった。

他の社員も、駈《か》けつけてきた。

中の肉がどうなっているか、ひょっとして、盗み出されたのではないのか。

重い扉が、開かれた。

ずらりと、並んでいる冷凍肉の林。肉は盗まれては、いないようだった。

社員たちは、奥に向かって進んで行ったが、突然、彼等は、声もなく、立ちすくんだ。

冷凍肉と一緒に、裸の人間が、逆さに吊《つ》り下げられているのに、ぶつかったからだった。

若い女だった。

全裸の女が、逆さに、吊《つる》されているのだ。
五、六秒の間があって、気を取り直した社員の一人が、一一〇番した。
七、八分して、パトカーと、救急車が、同時に駈けつけた。
女の身体《からだ》は、床におろされたが、すでに、死亡していた。女ののどに、黒いロープが、巻きついていたのだ。

更に、二十分ほどして、十津川たちが、駈けつけた。

「今度は、巨大冷凍庫の中ですか」

亀井が、歯がみをした。

誰の眼《め》にも、第一、第二の殺人事件の続きに見えた。

女は、二十代の半ばといったところだろう。気のせいか、前の二人の被害者と、顔立ちが、似ているように見えた。

(これが、犯人たちの好みの顔なのか)

西本刑事が、運転免許証を見つけた。被害者のものだった。

本堂《ほんどう》やよい。二十三歳。住所は、杉並《すぎなみ》区高井戸西《たかいどにし》×丁目、スカイコーポ高井戸七〇八号。

「犯人が、わざと、置いていったんだろう」

と、十津川は、いった。

第二の被害者の時も、現場の廃バスの中に、被害者の運転免許証を、捨てていった。もう、殺した女の身元を隠さなくなったのだ。

或いは、犯行を誇示するような気分なのか。

十津川は、西本と日下の二人に、被害者のマンションを見に行くように、指示した。だが、そこから、犯人に行きつけるとは、思っていなかった。多分、今回も、被害者と犯人との間には、何のつながりもないだろう。

また、犯人の遺留品といえば、被害者ののどに巻きついている黒いロープしかなさそうだった。

この日の午後、捜査会議が開かれたが、どうしても、沈鬱《ちんうつ》なものになってしまった。

黒板には、三人の被害者の名前が書かれ、顔写真が貼《は》られていた。

三上本部長は、怒りをあらわにした。

「すでに、今回で、三人の若い女が、殺されている。マスコミは、必ず、猟奇殺人と書き立てると同時に、警察の無力さを、批判するだろう。だが、批判されても仕方がないと、私は、思っている。まだ、容疑者も浮かばず、犯人像さえ、描けないんだからな」

「犯人について、全くわからないわけじゃありません」

と、十津川が、いった。

「それなら、わかっていることを、いってみたまえ」

「犯人は、二人以上、多分、三人と思っています。若い男たちです」

「そんなことは、もう聞きあきたよ。記者会見で、いったら、それしかわからないと、笑われるだけだ」

「殺された三人は、いずれも、二十代で、身長百六十センチくらい。体重も、五十キロ前後で、似たような体型です。顔立ちも、細面《ほそおもて》の美人で、これが、犯人たちの好みと思われます」

「それだって、三人の被害者を並べれば、子供にだってわかる共通点だろう。二十代で、百六十センチ、体重五十キロ前後の女が、何人いると、思っているんだ」

三上本部長は、ますます、不機嫌になっていく。彼は、刑事たちの顔を見廻した。

「他に、わかることはないのかね？」

「気になることがあるんですけど」

と、北条早苗《ほうじょうさなえ》刑事が、いった。

「いってみたまえ」

「犯人たちは、二月には、雪の井の頭公園に、死体を置き、五月には、奥多摩の廃バスの車内、そして、今回は、巨大な冷凍庫の中に、死体を吊り下げました。なぜ、そんなことをしたのか、不思議で仕方がないのです。どこか、自分たちの自由になる部屋の中で、レイプし、殺した方が、安心の筈だと思うのです」

と、早苗は、いった。

「疑問を提出しただけでは、困る。君は、なぜ、犯人たちは、そうしたと思っているのかね?」

三上本部長が、きいた。

「私は、犯人たちは、ただの室内では、不満だったのではないかと思ったんです。女をレイプし、痛めつけ、殺すにしても、変わった場所にしたかったんじゃないでしょうか? 雪の公園、山あいの廃バスの中、そして、今回は、巨大冷凍庫の中と、犯人たちは、女を殺すことも、大事だったでしょうが、その背景にも、凝《こ》っているような気がするんです」

と、早苗は、いった。

「カメラだ!」

と、突然、十津川が叫んだ。

三上本部長が、眉《まゆ》をひそめて、

「カメラ――？」

「そうです。今、北条刑事の話を聞いていて、そうだと気付いたんです。犯人たちが、単に、若い女を裸にして、レイプし、最後に殺すのなら、どこかに、地下室を借りて、そこでやればいいわけです。それなのに、雪の中、廃バスの車中、そして、今度は、冷凍庫の中です。犯人たちは、明らかに、背景を変えているんです。さまざまなシーンの中に、裸の女の死体を置きたかったんです。これは、カメラの眼ですよ」

「犯人は、カメラマンだというのかね？」

「プロのカメラマンとは、思えません。アマチュアカメラマンでしょう。三人のアマチュアカメラマンが、第一の事件では、雪の中に死体を置き、第二の事件では、廃バスの車中に裸の死体を置き、今度は、冷凍庫に、肉のかたまりと一緒に、裸の女を吊り下げたんです。それを、写真に撮って、楽しんだのかも知れません」

「三人のアマチュアカメラマンか。もし、その推理が当たっていれば、捜査にとって、大きな進展だぞ」

三上本部長は、少しばかり、機嫌をよくした。

「これから、アマチュアカメラマンのグループを調べてみるつもりです」

と、十津川がいったとき、

「私にも、意見があります」

と、三田村《みたむら》刑事が、手をあげた。

「いってみたまえ」

三上が、促した。

「第一の事件が二月、第二が五月、そして今回が、八月です。その間、三カ月の間がありますす」

と、三田村は、いった。

三上は、十津川を見た。

「君は、今の意見を、どう思うね？」

「なかなか、面白いと思います。三カ月間隔というのが、犯人たちにとって、必要な間隔なのかも知れませんから」

と、十津川は、いった。

「すると、次に、犯行が行われるのは、十一月ということになるのかね」

三上は、いう。

「それまでには、犯人を、あげたいと思います」

と、十津川は、いった。

刑事たちは、一斉に、アマチュアカメラマンの世界に入っていって、聞き込みを開始した。

だが、まず、その多さに、驚かされた。今は、カメラの性能が良くなった上に、価格が下がり、子供でも、高性能のカメラを持っている。極端なことをいえば、カメラの数だけ、アマチュアカメラマンがいるということにもなるのだ。

だが、子供の犯罪とは、考えられない。

そこで、消去法で、アマチュアカメラマンの範囲をせばめていった。

子供を削り、女性を削っていく。

そして、三人グループを探していくのだ。しかし、三人組に限定しても、東京だけで、二十を越すグループがいることが、わかった。

三人というグループが、作りやすいのかも知れない。

刑事たちは、そのグループの一つ一つに、当たって、いった。

いずれも、写真好きという共通点はあったが、グループの中には、変わったものもあった。

富士山だけを、撮りつづけている三人のグループもいれば、日本中の桜を撮るということで、その季節になると、桜前線と一緒に、日本中を旅行するのだというグループもいた。

トイレばかり写している三人組もあれば、女性の尻《しり》ばかり撮っているグループもいた。

なかなかこれといった三人組にぶつからなかった。

その中《うち》に、西本が、気になる噂を聞き込んだ。

「冷凍庫に牛肉と一緒に吊された全裸の女性の写真を見たという噂なんです」

と、西本は、いった。

「その全裸の女は、第三の被害者の本堂やよいなのか？」

と、十津川は、きいた。

「そこまではわかりませんが、二十代の女で、背景の冷凍庫は、あの記事の巨大冷凍庫によく似ているそうなのです」

「その写真を見た人間は、わかっているのか？」

「それが、はっきりしないのです」

と、西本は、いう。

「どういうことなんだ?」

亀井が、怒ったような声を出した。

「その写真を見たというアマチュアカメラマンは、何人かいるんですが、その一人一人に会って話を聞くと、一番最初に見たという人間が、わからなくなってしまうのです。あとの人間は、よく聞くと、自分が見たわけではなく、そんな妙な写真があったという伝聞なんです」

「伝聞か」

「しかし、どうも、そうした写真があったことは、事実のような気がします」

と、西本は、いった。

十津川は、西本の言葉を信じた。

犯人たちは、三つの殺人を犯しながら、それを写真に撮っていたに違いないと思う。

それを、狂気といったらいいか、芸術の衝動といったらいいか、わからないが、若い女の全裸の死体を、いろいろな背景《シーン》の中に置いてみたかったのだ。

二月は、雪の中。

五月は、廃バスの車内。

八月は、巨大冷凍庫の中。

そして、当然、彼等は、写真を撮った。その中の一枚を、誰かが見て、話をして、伝わっていったのではないか。

或いは、犯人たちは、自分たちの撮った写真を、誰かに見せたい衝動にかられたのかも知れない。

だが、グループをしぼり切れないままに、また時間が、たっていった。

十一月が来た。

十津川たちは、都内で、第四の殺人が起きるのではないかと、警戒したが、なぜか、第四の殺人が起きないままに、十二月に入ってしまった。

「必ず、三カ月おきに、犯人たちは、殺人を犯すと思ったのですが、私の誤りでした」

と、三田村が、十津川に、頭を下げた。

「何か理由があるんだ。私だって、三カ月という間隔は、面白い考えだと思っていたんだよ」

十津川は、なぐさめるように、いった。

ただ、この頃から、十津川たちは、あるアマチュアカメラマンのグループに、照準を当てるようになっていた。

竹内健治　フリーター
江波匡　医者
中西収　俳優

この三人のグループである。いずれも、三十代で、独身だった。彼等は、自分たちのイニシャルをとって、TENという名前をつけていた。

2

十津川は、そこまで話して、県警の三浦警部を見た。

「竹内健治については、今、説明した通りで、われわれは、この三人を連続殺人事件の容疑者として、マークしていたのですが、決定的な証拠がつかめませんでした。それで、弱っているところに、こちらで、彼が、殺されたというニュースが、入ったわけです」

「なるほど。東京の猟奇殺人事件については、話に、聞いていましたが、竹内が、容疑者だったんですか」

三浦は、改めて、感心した顔になった。それなら、本庁の刑事が、飛んで来ても不思議はない。

「問題は、あとの二人なんですが、東京の二人のマンションから、姿を消しているのです。江波は、病院にも行っていません。ひょっとして、竹内と、一緒なのかと、期待していたのですが――」

「河津の旅館には、竹内一人で、泊まっていました。念のために、あとの二人について、旅館に当たってみましょう。別々に、泊まっていたということも考えられますから」

と、三浦は、いった。

十津川が、他の二人、江波匡と、中西収の顔写真を持って、三浦と一緒に、竹内の泊まっていた旅館に行って、女将や、仲居に聞いてみた。

しかし、江波と、中西が、泊まっていた様子は、なかった。それでも河津温泉郷の他のホテル、旅館にも、三浦に協力して貰《もら》って、当たった。が、どこも、空振りだった。

その途中で、三浦が、十津川と、亀井を、名物の猪《いのしし》料理に招待した。食事をしながら、三浦は、何かを話したい様子だった。

　十津川の予想どおり、食事の途中で、三浦は、

「先ほど、旅館に当たって、聞いたことなのですが、それを、どう解釈していいか、困惑しているのです」

　と、話し始めた。

「竹内健治の事件の他にですか？」

「去年の十一月ですが、河津七滝の一つ、蛇滝の滝壺《たきつぼ》で、若い女性の死体が、浮かんでいたんです。名前は、後藤ゆみ。東京の世田谷の女性でした。ところが、昨日《きのう》と一昨日《おととい》の二日間、同じ名前の女性が、この河津のK旅館に、泊まったというのです。住所も、全く同じ、世田谷区太子堂。もちろん、別人ですが、旅館の女将《おかみ》が、気味悪がりましてね」

「去年の十一月ですか？」

　十津川は、箸《はし》を止めて、確認するように、三浦に、きいた。

「そうです。十一月十三日です」

「蛇滝というのは、竹内健治が、殺されていた釜滝の、二つ下ですね？」

「ええ、そうです」

「竹内は、釜滝の近くの吊橋から河原《かわら》に落ちた。彼は、当然、蛇滝も通っているということですね？」

と、十津川は、いう。

「まあ、そうでしょうが」

三浦は、慎重に、いった。

「去年の十一月に、蛇滝で、後藤ゆみという若い女が死んでいる」

十津川は、呟《つぶや》いた。

「そうです」

「東京の連続殺人ですが、二月、五月、八月と、三カ月おきに、殺されているのです。それが、犯人たちの殺人の周期かと考えたのですが、十一月には、起きませんでした。もし、ここで起きた事件が、犯人たちの犯行なら、時間的には、ぴったりと、合うのですがね」

十津川が、いうと、三浦は、笑って、

「それはないでしょう。十一月十三日の事件は、別に、猟奇的な事件じゃありません。裸で落ちていたわけでもないし、現在も、事故死の線を捨てていませんから」

「外傷は、あった？」

「ありました。しかし、滝壺に落ちたときに、ついたものかも知れません」

「その女性の写真や、身体的特徴は、わかりますか？」

「もちろん、わかります」

三浦は、一枚の写真をポケットから取り出して、十津川に見せた。

「年齢は、二十三歳。身長百六十二センチ。体重は五十キロです」

「どう思う？」

十津川は、写真を、亀井に見せた。

亀井は、キラリと、眼を光らせて、

「あの三人と、似た顔立ちですね。細面で、眼の大きな美人です。大人の顔だが、まだ、どこかに、稚《おさな》さが、のぞいています」

「身長百六十二センチ。体重五十キロも、一致しているよ」

と、十津川は、いった。

「十津川さん」

と、三浦が、声をかけてきて、

「十津川さんは、後藤ゆみが、東京の連続殺人の四人目の被害者だと、お考えなんですか？　今もいったように、猟奇的な匂《にお》いは、全くありませんよ」

「だから、われわれも、この女性の死に、注意を払わなかったんです。滝壺の上に、平らなところは、ありますか？」

「林になっていますが――」

「人が、入って行けないことはないんでしょう？」

「もちろん、滝の上に出られます。それで、事故死や、自殺も考えたわけです」

「それで、滝の上も、調べたわけでしょう？」

「ええ。調べました。争ったような形跡が、ありましたが、他に、これといった、物証は得られませんでした。しかし、何回もいいますが、裸で浮かんでいたわけじゃないし、レイプされた形跡もないんです」

　と、三浦は、繰り返した。

「その前だったかも知れません」

　と、十津川は、いった。

「その前というのは、どういうことですか？」

「犯人たちですが、自分たちの好みのタイプの若い女を誘拐し、多分、車に連れ込んでしょうが、場所を変えて、レイプし、殺してきたんです。雪の公園、山あいの廃バスの車内、巨大冷凍庫とです。そこで、女を裸にして、写真を撮ってきたと思われるのです。四人目は、どんな場所、つまり、どんなシーンで、女を殺し、裸にして、写真を撮るか、それを考えていたに違いないんですよ。そして、選んだのが、伊豆の自然、それも、滝の傍《そば》で、女を、殺すことを、考えたんですよ。滝壺の近くでは、他人《ひと》に見られる恐れがある。そこで、滝の上の林の中を選んだんじゃありませんかね。だが、女は、必死で逃げた。滝の方へね。そして、滝壺に飛び降りたが、死んでしまった。犯人たちは、失敗したんですよ」

「しかし、それは、あくまでも、十津川さんの想像でしょう？」

「そうです。が、後藤ゆみは、犯人たちの眼鏡《めがね》にかなった獲物だったんだと思います。竹内健治は、その復讐《ふくしゅう》で、殺されたんじゃありませんかね？」

「誰にです？」

「彼が、吊橋で、射《う》たれて、河原に転落して、死んだとき、ニセの後藤ゆみが、この河津の旅館に泊まっていたんですね？」

　十津川が、きいた。

「そうです。彼女が、復讐に、竹内健治を射殺したというんですか？」

「あくまで、可能性ですがね。女は、去年の十一月に死んだ後藤ゆみの名前と、住所を使っています。二人が、無関係とは、考えられません」

「それなら、私も、考えましたよ」

　と三浦は、鼻をうごめかせて、

「後藤ゆみの姉妹じゃないかと考えました。しかし、彼女には、姉妹はいないんです。それに、K旅館の女将や、仲居の証言では、二人の顔は似ていないんです」

「後藤ゆみには、姉妹はいないんですか」

「ひとり娘でした。それに、私が、迷っているのは、拳銃《けんじゅう》です」

「ああ、竹内は、射たれて、死んだんでしたね」

「男の犯人の場合なら、拳銃を使って、殺人をやっても、別に、不思議には思わないんですが、若い女ですからね。それが、拳銃を使ったということに、違和感を覚えてしまうんです。その拳銃を、どうやって、入手したのか、どこで、射撃を習ったのか、それが、わかりません。これが、毒殺ででもあれば、私も、納得するんですが」

「なるほど」

　十津川も、肯《うなず》かざるを得ない。

　確かに、若い女が、拳銃を振り廻すのは、今の時代でも、考えにくい。

　それでも、十津川は、ニセの後藤ゆみという女に、引っかかるものを感じた。何もなければ、殺された女の名前を、名乗ったりはしないだろう。

十津川と、亀井は、翌日、K旅館に行き、女将と、仲居から、話を聞くことにした。

彼女たちが、交々《こもごも》、いったのは、その女が、落ち着いていたということである。

「ここに泊まって、昼間は、外出したんですね？」

十津川が、きく。

「ええ。滝を見に行ってくると、おっしゃって」

「九日に、そういって、出かけたんですね？」

「そうですわ」

「帰って来た時の様子は、どうでした？」

亀井が、きいた。

「別に変わった様子はなくて、途中の釜滝茶屋で食べたお餅のことを、おいしかったといっていましたわ」

と、いう。

その日は、竹内健治が、射殺された日なのだ。

もし、女が犯人だとしたら、よほど、自制心のある人間なのだろう。

「ハンドバッグを持って、出かけたんですね？」

「はい」

（その中に、拳銃が入っていたのだろうか？）

「三浦警部の話では、竹内を射った弾丸は、小口径で、多分、ベレッタ二二口径だろうと、いっていましたね」

と、亀井が、小声で、いう。

「女性用の拳銃だよ」

「そうですね。犯人が男なら、もっと、強力な大型拳銃を使ったかも知れませんね。トカレフなら安くて、強力で、手に入れ易《やす》いですよ」

と、亀井も、いう。

ベレッタなら、ハンドバッグにも、簡単に入るだろう。

「彼女は、三十歳くらいだったんですね？」

十津川が、確認するように、きく。

「ええ。ひょっとすると、もっと、若いかも知れませんよ。落ち着いていたんで、三十歳くらいに見えたんですけどね」

と、仲居が、いう。

それにしても、人殺しをするには、若い。もし、犯人なら、よく、落ち着いて、ベレッタで、人を射殺できたものだと思う。とにかく、そのあと、旅館に帰ったわけだが、女将も、仲居も、落ち着いていて、興奮した様子は、なかったというのだ。

「去年の十一月に、蛇滝で死んだ後藤ゆみとは、顔立ちが、違っていたそうですね？」

と、十津川が、きいた。

「ええ」

「似顔絵を描いて貰えませんか」

と、十津川は、頼んだ。

女将と、仲居が、相談し、時間をかけて、女の似顔絵を描いてくれた。

女将が、絵を習っているというだけに、なかなか、上手《うま》く描けている。もちろん、
十津川も、亀井も、知らない顔だった。

「凛々《りり》しい顔をしているじゃありませんか」

亀井は、そんな感想を、口にした。

似顔絵が出来るのを待っている間、亀井が、東京の捜査本部に電話をかけ、江波匡
と、中西収のことを聞いた。

「それが、二人とも、まだ、自宅マンションに帰っていないんです」

と、西本が、答えた。

3

河津から、ループ橋を通り、国道414号を北上すると、天城トンネルを抜け、浄蓮の滝の脇《わき》を通り、湯ヶ島《ゆがしま》温泉に到《いた》る。更に北上すれば、修善寺《しゅぜんじ》である。

川端康成の「伊豆の踊子」で有名な旧天城トンネルは、国道から、少し外れた場所に、現在も、残っている。

明治三十八年に開通したこのトンネルは、石造りで、全長四百四十六メートル。今は、苔《こけ》むして、中を歩くと、時々、水滴が、したたり落ちてくる。

時々、観光客が、見に来ることがあるが、一月の今は、めったに、訪れる人もいなかった。

その日の午後、女子大生の二人が、バスを、天城峠で降りて、この旧天城トンネルを見に、山道を、歩いてやって来た。

片方が、川端康成のファンで、踊り子が通り抜けたというトンネルを、見たくなったのである。

トンネルの入口近くには、案内板が、立っている。

二人は、それを読んでから、トンネルに入って行った。点々と、トンネル内には、明りがついているのだが、それでも、薄暗く、ひんやりと、冷たい。

「気味が悪いわ」

「でも、踊り子たちは、ここを通っていったのよ」

二人は、そんな会話をしながら、歩いて行った。

まん中あたりまで来たとき、ふいに、二人は、立ち止まってしまった。

三、四メートルほど前方に、男が、仰向《あおむ》けに倒れ、その先に、車が一台とまっているのが見えたからだった。

二人は、怖《こ》わごわ、倒れている男の傍に近づいて行った。が、突然、悲鳴をあげた。男の顔に、べったりと、血がついていたからだった。男は、眼をむいたまま、ぴくりとも動かなかった。

4

三浦警部と一緒に、河津にいた十津川と、亀井も、県警のパトカーで、現場に、急行した。

薄暗かったトンネルの中は、パトカーのヘッドライトで、明るくなり、その明りの中に、男の死体が、くっきりと浮かびあがった。

「弾丸は、腹と、顔に、一発ずつ、命中していますね」

と、同行した検視官が、いった。

死体の背広のポケットから、運転免許証が、見つかった。

そこにあった名前は、江波匡である。

「三人の中の一人だ」

と、十津川は、呟く。

傍にとまっていたシルバーメタリックのポルシェ911も、江波のものだった。

十津川は、手袋をはめ、車の中を、のぞき込んだ。

助手席にライカが、置いてあった。江波は、アマチュアカメラマンだから、当然、彼のものだろう。

淡い、女の匂いのようなものを感じた。ふと、髪の毛を見つけて、十津川は、つまみあげた。柔らかくて、長い髪の毛だった。明らかに、江波のものではない。多分女のものだろう。

亀井が、傍に来て、一緒に、車の中を、のぞき込んだ。

「いい車ですね」

「新車だ」

「確か、江波は、この他に、ベンツのワゴンを持っていましたね」

「そのワゴンに、三人が乗り、若い女を拾って、犯行を繰り返して来たんだろうな」

「その江波も、殺されてしまいましたね」

亀井が、ぶぜんとした顔で、いう。

「河津で、竹内健治を殺した人間が、この天城で、江波匡も、殺したんだ」

「彼の眉間《みけん》を射った拳銃は、間違いなく、小口径です。多分、ベレッタ二二口径だと思いますね」

と、亀井が、いった。

「それにしても、見事に、顔の真ん中に、命中している」

「至近距離から、射ったんだと思います。犯人は、まず、江波の腹部を射ち、弱ったところを、近寄って、眉間を射って、止《とど》めを刺したんでしょう」

「落ち着いてるな」

十津川が、呟いた。

三浦警部が、江波の背広から取り出した所持品を、十津川に見せてくれた。

三十二万円入りのカルティエの財布
キーホルダー
キャッシュカード
手帳
コルムの腕時計
ハンカチーフ
その中の手帳を、十津川は、広げてみた。
ページをめくり、眼を通していく。
「犯罪メモですよ」
と、三浦が、いった。
確かに、その通りだった。去年の二月、五月、八月の犯行記録が、暗号を使って、記入してあるのだ。
そして、十一月十三日のところには、ただ、一語、
〈失敗《ミス》〉

と、書いてあった。

死んだ女の名前は、書いてなかった。恐らく、江波たちにとって、女の名前など、何の意味もなかったのだろう。

だが、これで、江波たちが、連続殺人事件の犯人であることは、まず、間違いなくなったと、十津川は、思った。

そして、今、新しい犯罪、復讐が、始まっているのだ。それも、防がなければならない。

「あと、一人、中西収は、何としてでも、死なせたくありません」

と、十津川は、三浦に、いった。

江波の死体が、司法解剖のために、運ばれて行き、ポルシェ911は、捜査本部のある河津警察署へ、回送されることになった。

「この分だと、当分、東京に戻れないな」

と、十津川は、亀井に、いった。

「中西は、何処《どこ》にいると、思いますか？」

「東京に戻っていないのは、確かだ。竹内と、江波が、伊豆にいたところをみると、中西も、この伊豆にいるのかも知れないな」

河津署で、捜査会議が開かれ、その席で、警視庁との合同捜査が、確認された。

十津川が、立って、東京の三つの殺人事件について、改めて説明する。

黒板には、犠牲になった三人の女の名前と、殺された現場が書きつけてある。

「四人目が、河津の蛇滝で殺された後藤ゆみでした。彼女も、他の三人と同じように、全裸にされ、レイプされ、殺される筈だったと思いますが、その前に、彼女は、逃げ出し、滝壺に落ちて、死んでしまいました。犯人の一人、江波匡は、ただ一言『失敗《ミス》』と、手帳に、書きつけています」

「今年になって、復讐が、始まったというわけだな?」

県警本部長の山田《やまだ》が、きく。

「そうです。四人の女を殺した容疑者は、この三人のアマチュアカメラマンですが」

と、十津川は、黒板に書いた竹内、江波、中西の三人の名前を示してから、

「まず、竹内が、河津で、殺され、続いて、天城で、江波が殺されました。小口径の拳銃、多分、ベレッタ二二口径で射殺されたのです」

「君は、河津のK旅館に、死んだ後藤ゆみの名前で、泊まった女が、犯人だと思っているのかね?」

「そうです」

「君は、違うのか？」

と、山田は、三浦警部に、眼をやった。

「拳銃で、二人も射殺するのは、若い女性には、似合いません」

と、三浦は、いった。

「それに、後藤ゆみには、姉妹はいません」

「十津川君は、その女が、犯人だとして、何者だと、思うのかね？　後藤ゆみと、全く関係のない女が、復讐するとは、思えないのだが」

山田本部長が、きいた。

「今のところ、彼女について、全くわかりません。わかっているのは、この似顔絵だけです」

十津川は、K旅館の女将が、仲居と協力して、描いてくれた似顔絵を、黒板に、貼りつけた。

「三浦警部は、犯人は、男だと思っているのか？」

と、山田本部長が、きく。

「拳銃を使っているところから見て、私は、男の可能性が高いと、思っています」

と、三浦は、いった。

「問題は、もう一つある。三人目の中西収が、今、何処にいるかということだ。殺されない中《うち》に、見つけ出さなければならないだろう」

山田本部長は、皆の顔を見廻した。

彼は、十津川に向かって、

「彼が、伊豆にいる可能性は？」

「五分五分です」

「それなら、全員に、彼の顔写真を持たせて、探すことに、する」

と、山田は、いった。

十津川の持って来た中西収の顔写真が、急遽《きゅうきょ》、大量にコピーされ、刑事全員に配られると同時に、伊豆全域の警察署、派出所などにも、配布されることになった。

翌日になると、司法解剖の結果が出た。

死亡推定時刻は、一昨日、一月十一日の午後九時から十時の間。

死因としては、腹に一発射たれ、眉間に一発射ち込まれ、後者が、致命傷だということだった。

二発の弾丸は、摘出され、河津で、竹内健治に射ち込まれた弾丸と、比較され、同一のものとわかった。

同一の拳銃から、発射されたものと断定されたのだ。

当然、犯人も同一人という可能性が、高くなった。

ポルシェ911の車内を調べた鑑識の報告も、知らされた。

十津川が、助手席で見つけた毛髪だが、同じものが、床からも、三本見つかり、それは、長さ五十センチ前後、細く、柔らかい毛で、少し脱色していると、わかったという。

助手席にあったライカM6には、フィルムが、入っていなかったという。

最初から入っていなかったのか、それとも、犯人が、持ち去ったのかは、今のところ、不明だった。

他に、車の床には、口紅が、一本、落ちているのが、発見されていた。

シャネルの口紅は、色は、ピンク。指紋も、採取された。

「違うな」

十津川は、亀井に向かって、いった。

「何がですか?」

「私は、例の女が、江波の車に乗って、旧天城トンネルまで行き、そこで、江波を射殺したと、考えていた。助手席に落ちていた、細く、柔らかい、そして、長い、女のものと思われる髪の毛が、その証拠だとね」

「違うんですか？」

「口紅だよ。犯人が、口紅を落としていくとは、とても考えられない。指紋がついているものをだ」

「もう一人、女が、乗っていたということになるんですか？」

と、亀井が、きく。

「少なくとも、その女は、江波を射殺した女じゃない」

と、十津川は、いった。

「少し、面倒なことになりそうですね」

「他にも、考えなければならないことがある。それを、お茶でも飲みながら、カメさんと、ゆっくり、考えてみたい」

十津川が、いい、二人は、河津署の近くにある喫茶店に入った。

コーヒーを注文する。十津川は、煙草《タバコ》をくわえて、火をつけた。

店のテレビが、旧天城トンネルで射殺された江波匡のことを、放送していた。

十津川は、ちらりと、その画面に眼をやった。

「考えなければならないというのは、中西収のことですか？」

と、亀井が、運ばれたコーヒーを、ゆっくり、かき廻しながら、十津川に、きいた。

「いや、中西の行方は、静岡県警に委《まか》せておけばいいと思っている。伊豆の何処かにいるのなら、私たちより、県警の方が、探し易いからね」

「じゃあ、何です？」

「犯人が、女にしろ、男にしろ、竹内たち三人が、連続殺人事件の犯人と考えて、まず、竹内を射殺し、続いて、江波を射殺している」

「そうです。復讐です」

「だが、なぜ、竹内たち三人が、連続殺人事件の犯人だとわかったんだろう？　それが、不思議なんだ。私たちは、容疑者として、竹内たちをマークはしていたが、証拠がないので、逮捕できずにいたのにだ」

「われわれは、刑事です。見込みだけで、逮捕は、できません。しかし、民間人は、別です。法律通りにやる必要はないんです。特に、復讐に燃える人間なら、見込みで、相手を射殺するかも知れません。憎しみのあまりにです」

と、亀井が、いった。

「それは、わかる。復讐に燃える民間人なら、相手の犯罪を証明する必要はないからね」

「そうですよ」

「だが、それでも、どうして、竹内たち三人のことを知ったかが、わからない。われわれは、発表していないからね」

「週刊Rが、臆測《おくそく》で、書いています」

「だが、実名は出していなかった」

「そうですが、アマチュアカメラマンの三人組を、警察が、マークしているとは、書いています。あの記事を書いた記者は、その三人組が、竹内たちだと、知っている筈ですよ」

「なるほど。記者が、知っているか」

「そうです。週刊Rは、三人のアマチュアカメラマンを、T、E、Nと、書いています。三人の実名を知っていると見なきゃなりません。その記者から、復讐者に洩《も》れたのかも知れません」

「確かに、考えられるな」

「だから、三人の名前を、知っていても、おかしくはないと思います」

「だが、おかしなことは、まだある」

十津川は、コーヒーには、手をつけず、しきりに、煙草を、くゆらせている。壁にぶつかったと意識している時の癖だった。

「他に、何がありますか？」

「去年の十一月に、蛇滝で死んだ後藤ゆみのことだよ。われわれは、うかつにも、この事件が、連続殺人の四人目の犠牲者とは思わず、注意を払わなかった。だが、復讐をやっている人間は、気付いていたんだ。四人目の犠牲者だということにね。だからこそ、今年に入って、わざわざ、後藤ゆみの名前を使って、河津のＫ旅館に泊まったんだと思っている」

「そうですね」

「ＴＥＮの三人を、連続殺人事件の容疑者だということは、週刊誌の記者に聞いたとしても、後藤ゆみのことは、マスコミだって、四人目の犠牲者だとは、考えていなかったんだ。それをどうして、今回の犯人は気付いたんだろう？」

「自分で、判断したとしか、思えませんね」

と、亀井は、いった。

「警察のわれわれも気付かなかったことに、民間人が気付いたということになるんだ。そんなことが、出来るものかね？」

十津川は、難しい顔になっていた。灰皿には、自然に吸殻が、溜《たま》っていく。

「小説に出てくるような、天才的な名探偵なんですかね？」

亀井が、いう。十津川は、苦笑して、

「まさかね」

「だが、犯人は、われわれの先手を打ってるんです。腹が立ちますよ」

「この犯人だがね。もし、この女だとすると、どんなことが、考えられるね？」

十津川は、似顔絵のコピーを、テーブルに置いて、亀井の意見をきいた。

「犯人像ですか？」

「そうだ」

「一番感じるのは、犯人の挑戦的な態度ですね。わざわざ、後藤ゆみの名前を使っているのは、どう見ても、ただの遊びだとは、思えません」

「誰に対する挑戦だろう？」

「竹内たちに対する挑戦ということも考えられますが、私が、一番感じるのは、われわれ警察に対する挑戦ですね」

亀井は、きっぱりと、だが、いまいましげに、いった。

「警察が、もたもたしていることへの挑戦か？」

「そんな匂いを感じて仕方がないんです」

「口惜《くや》しいが、われわれは、一歩おくれを取ったね」

「仕方がありませんよ。相手は、いろいろ、証拠を固めていく必要がないんですから。拳銃で脅して、引金をひけばいいんですから。楽ですよ。犯人は、多分、拳銃で、竹内を脅して、江波匡の居所を聞き出したんだろうと、私は、思っています。だから、江波が、旧天城トンネルに行くことを知って、そこで彼を射殺したんだと思いますね」

「待ってくれよ」

と、十津川は、急に、表情を変えた。

「と、すると、犯人は、中西収の居所も、聞き出した可能性があるじゃないか」

「そうなんです。犯人が知っていれば、また、先廻りされてしまいますよ」

「そこまでは、やられたくないな。中西だけは、われわれの手で、逮捕したい」

「どうやって、中西を、見つけられますかね？　警部は、県警に委せるより仕方がないといわれましたが、こうなると、じっとしては、いられません」

「だが、どうやって――」

十津川は、考え込んだ。

中西が、伊豆にいるかどうかさえ、定かではないのだ。竹内と、江波が、伊豆にいたから、中西も、伊豆の何処かにいるのだろうと、考えているに過ぎない。

「竹内のことから、考えてみようじゃないか」

と、十津川は、改まった口調で、いった。

「いいですね。やってみましょう」

「竹内は、河津の七滝にやって来ていた。それも、ひとりでだ。なぜ、ひとりで、やって来たんだろう？　しかも、二カ月前には、竹内たち三人が、蛇滝で、後藤ゆみという女性を殺しているんだ」

「そうですね。なぜ、やって来たか、不思議ですね？」

「偵察かな？」

「何のです？」

「二カ月前の犯行が、バレていないかどうか、自分たちの犯行とわかっていないかどうか、それを調べに来たんじゃないか。ひとりで来たのは、疑われないためだと思う」

「それは、大いにありそうですね。自分たち三人組の犯行とわかっていないかどうか、ひとりで、調べに来たというのは、当たっていると思います」

と、亀井は、いった。

「その竹内が、七滝を見に行ったのは、なぜだと思う？　自分たちの犯行と、バレていないかどうかを調べるだけなら、旅館で、女将や、仲居から、話を聞けば、静岡県警の動きなんかも、よくわかる筈だ。後藤ゆみが死んだ、七滝を、見に行ったら、かえって、疑われる。そのくらいのことは、竹内にも、わかっていたと思うんだがね」

「女に、呼び出されたんじゃありませんか」

「犯人にか？」

「そうです。犯人は、後藤ゆみの名前で、K旅館に泊まっていました。他の旅館に泊まっていた竹内を、後藤ゆみの名前で、呼び出したということは、十分に、考えられます。竹内としては、去年の十一月に殺した後藤ゆみの名前で、電話がかかってきたので、その正体を知りたくて、あの吊橋の方に歩いて行った。あり得ますよ」

「なるほどね。面白い」

「犯人は、吊橋のところに、待ち構えていて、射殺したんです」

「いいね。納得させるものがある」

「他にも、滝を見に行った理由があると、お考えですか？」

亀井が、きいた。

十津川は、考えてから、

「後藤ゆみが、死んだのは、蛇滝だが、竹内が死んでいたのは、釜滝へ行く吊橋の下だ。だから、竹内も、犯行の現場が、目的ではなかったんだと思う」

「しかし、河津七滝の一つには、行く気だったわけです」

「そうだ。なぜ、そんなことをしたんだろう。今も、いったように、警察が、どこまで、十一月の事件について、捜査をしているか知りたいのなら、別に、滝を見に行く必要はないんだ。それなのに、滝を見に行った。それも、蛇滝でなく、釜滝を見に行った」

「そうですが――」

「竹内たち三人は、好みの女をレイプし、全裸にして、写真に撮っている。しかも、一人一人、犠牲者を、違った景色の中で、殺している。偏執狂なんだ。ただの殺人犯ではなく、妙なところに、凝るんだよ」

「わかります」

「それで、四人目の犠牲者は、河津七滝の一つ、蛇滝に連れ込んだ。滝の傍で、というより、滝のシーンの中で、女を裸にして殺し、それを写真に撮るつもりだったんだと思う」

「しかし、失敗した――」

「そうだ。失敗した。普通の男なら、滝の傍での殺人は、もう諦《あきら》める筈だ。特に、河津七滝での殺人はね。だが、連中は、違っていた。特に竹内は、あくまでも、河津七滝の傍での殺人を、実行したいと思ったんじゃないか。それが、偏執狂の特徴だ」

「それで、二カ月たった今、河津七滝を見に来たんですか」

「いわば、ロケハンだよ。さすがに、同じ蛇滝は避けて、釜滝を見に行った。そこで、射殺された。私は、そう考えたんだがね」

「江波匡も、そうでしょうか？」

「今もいったように、連中は、違う景色の中で、女をレイプし、殺し、裸にして、写真に撮るのを趣味にしていた。その趣味は、変わっていないと思う。いや、もっと、強くなっていたと思う。それで、竹内は、河津七滝に来た。江波は、旧天城トンネルを選んだ。そこで、好みの女を見つけて、今までと同じように、レイプし、裸にして、写真に撮るつもりだったんだよ」

「しかし、今まで、三人で組んで、犯行を重ねてきたのに、なぜ、今回は、一人、一人、バラバラに行動したんでしょうか？」

と、亀井が、きいた。

「それは、もちろん、われわれが、竹内たちを、ＴＥＮというグループとして、マークしていたからだよ。三人で、かたまって、行動したのでは、危険だ。だから、一人ずつ行動した。警察にマークされていても、連中は、犯行に走らざるを得なかった。それは病気だったからだと思うね。三カ月ごとに起きる性の衝動みたいなものだろう。が、前回は失敗しているからな。しかし、東京では、われわれにマークされると思い、伊豆を舞台に選んだ」

「なるほど」

「竹内は、舞台として、釜滝を見に行って殺されたが、江波の方は、選んだ旧天城トンネルに、好みの女を、車に乗せて、連れ込むことに成功した」

「それが、ポルシェ９１１の助手席に落ちていた髪の毛と、床にあった口紅の主ですか？」

「そう考えている」

「江波が、その女を、車で、旧天城トンネルに連れ込んだ時、例の拳銃魔が現われて、彼を射殺したわけですね」

「そうだ」

「とすると、危うく助かった女は、その場から、逃げたことになりますね？」

「ああ、そうなってくる」

「彼女は、江波が射たれたところを見ているでしょうか?」

「見ているかも知れないし、その前に、逃げてしまっているかも知れない」

「見つければ、犯人の顔を見ている可能性がありますね」

「そうだが、江波が射殺されたのは、夜の九時から十時の間だ。トンネルの中は、暗かったろうから、果して、犯人の顔を見ているかどうか」

「私としては、目撃していて欲しいですね」

と、亀井は、いった。

確かに、亀井のいう通りだった。もし、亀井のいう通りなら、彼女を見つけ出せば、二人の男を射殺した犯人がわかるのだ。

5

「問題は、中西収が、今、何処にいるかということですが」

亀井が、いった。

「中西も、他の二人と、同じことをしていると思っている」

と、十津川は、いった。

「同じことですか？」

「そうだよ。三人は、同じ病気にかかってるんだ。違う場所で、好みの女をレイプし、裸にして写真を撮りたいという病気だよ」

「中西も、どこかで、獲物を探しているということですか？」

「そうだ。滝でも、古いトンネルでもない場所だと思う。伊豆なら、何処か、変わった景色の中で、中西は、同じことをしようとしているんだと思っている。そこで、女を殺し、裸にして、写真に撮る気でいる。今もいったように、中西も、病気だからだ」

「もう、女を殺してしまっているということはありませんか？」

と、亀井が、きいた。

「今のところ、そうした犯罪があったという知らせはない。もし、すでに中西が殺していれば、あんな残酷な殺しが、明らかにならないわけがない筈だ」

「伊豆以外で、犯行を犯したということは、ありませんか？」

「失敗していない限り、こんな猟奇殺人は、何処で起きようと、大騒ぎになっているさ。だから、まだ、中西は、獲物を物色している最中だと思うよ」

「何処ででしょうか？」

「北海道や九州だったら、われわれには、手が届かないし、範囲が広すぎる。だから、ここでは、伊豆に、限定してみよう」

「そうですね。伊豆なら、われわれの、手が届きます」

「伊豆だとしてだ」

十津川は、ポケットから、伊豆半島の観光地図を取り出した。

亀井も、それを、のぞき込んだ。

十津川は、新しくコーヒーを注文した。まだ、時間が、かかりそうだと思ったからである。

「滝は、竹内が、選んだ。トンネルは、江波が選んでいる。それに、東京で、すでに、雪の公園、山あいの廃車の中、冷凍庫の中の三つは、使っているのだ」

「伊豆で、それ以上の場所ですか」

「それも、ありきたりの風景ではない筈だ。偏執狂の三人が、選ぶのだからね」

「そんな場所が、伊豆半島に、ありますかね？」

「とにかく、探すんだ」

十津川は、自分を励ますように、いった。

二人は、これはと思う場所を、あげていった。それを、手帳に、書き留めていく。

○人の気配のない海岸
○寺の境内（神社の境内）
○吊橋
○ゴルフコース
○船の中
○露天風呂

十津川は、亀井と、河津警察署に戻ると、三浦警部に、自分たちの考えを、説明した。

三浦は、ニッコリして、

「今、漠然と、伊豆半島全体を、調べているので、時間がかかって、仕方がないのです。こうして、限定して貰えば、調べやすくなります」

と、いった。

限定されたにしても、数は、多かった。それで、十津川は、有名な場所だけにして貰った。

例えば、寺は、いくつもあるが、修禅寺《しゅぜんじ》、下田《しもだ》の了仙寺《りょうせんじ》（下田条約で有名）、宝福寺《ほうふくじ》（唐人《とうじん》お吉《きち》で有名）、長楽寺《ちょうらくじ》、といった具合である。

吊橋としては、まず、城ヶ崎《じょうがさき》の海に突き出た吊橋。

船なら、下田の観光船サスケハナ。三津浜《みとはま》に、繋留《けいりゅう》して、ホテルになっている豪華船スカンジナビア。

露天風呂は、修善寺の桂川《かつらがわ》の中にある独鈷《とっこ》の湯が、まず、考えられた。

県警の刑事たちが、聞き込みに走り、各警察署や、派出所にも、働きかけた。

その間、十津川は、東京の西本刑事たちにも連絡を取ったが、いぜんとして、中西収は、自宅マンションには、戻っていなかった。

東京では、西本と日下の二人の刑事が、中野にある江波のマンションに、急行した。

江波は、そのマンションの近くにある総合病院で、外科医として、働いていたのだ。

新築の九階建マンション九〇五号室だった。

２ＬＤＫの部屋である。

部屋に入ると、西本と日下の二人は、徹底的に室内を探した。

彼等が、見つけたかったのは、噂になっている写真だった。彼等三人が、殺した女の写真を撮ったといわれ、その写真を見たという噂があったからである。

アマチュアカメラマンとしての経験が長いだけに、室内には、暗室が作られ、大量のネガが、見つかった。

西本は、他の刑事たちも呼び寄せ、全員で、厖大《ぼうだい》なネガを、一齣《ひとこま》ずつ、見ていった。

一時間もすると、日下が、

「見つけたぞ！」

と、叫んだ。

フィルムにして、三十六枚撮りで、六本分。他の二人のフィルムの現像も、ここで行われたことがわかった。構図などが、明らかに違うフィルムが、あったからである。

東京の三つの殺人のフィルムがあった。

全裸で、手錠をかけられた女の死体。その身体に、雪が降り積もっていく。照明が当てられて、その明かりと雪の白さの中に、女の身体が、浮かびあがっている。夜、照明を当てながら、シャッターを切ったのだろう。

廃バスの中の写真もあった。

裸の女が、鎖でつながれ、その顔は苦悶《くもん》に満ちている。悲鳴をあげているのだろうが、もちろん、その声は聞こえない。

これも、周辺は、暗く、女の身体にだけ、照明が、当てられている。三人は、どんな気持ちで、カメラのシャッターを切ったのだろうか？

三番目のシーンは、巨大冷凍庫の中だった。

これも、裸の女が、逆さに吊されていた。白い息が、写っているのは、カメラを構えている三人の男が吐いているのだろう。吊された女は、すでに死んでいるのか？

刑事たちは、とにかく、ネガを持ち帰り、焼きつけ、引き伸ばすことにした。そうすれば、もっと、はっきり、三人の犯行を証明することが出来るだろう。

全部で、百八十枚の写真が、刑事たちの前に、並べられた。

刑事たちは、改めて、その残虐絵巻に、騒然とした。

「ひどいな」

と、呟く刑事もいたが、中には、

「不思議な魅力を感じる」

という刑事もいた。

「竹内たちも、その魅力に取りつかれて、次々に、獲物を見つけ、殺して、死体を写真に撮ったということか？」

西本が、眉をひそめた。

「写真に撮りたくて、殺したのかも知れないな」

と、三田村が、いった。

「病気だよ」

日下が、険しい眼になっていた。

「とにかく、警部に連絡しよう」

と、西本が、いった。

伊豆にいる警部に、西本は、電話をかけた。

「江波の部屋から、三つの殺人に関係する写真百八十枚を、押収しました。竹内たち三人が、三人の女性を、東京で、レイプし、殺し、それを写真に撮ったものです」

「楽しんで写真を撮っているということか？」

十津川が、電話で、きいた。

「ええ。そう思います。写真に、不思議な魅力を感じるという奴《やつ》もいます。残虐の美だとか。私自身は、ただ、腹が立つだけですが」

と、西本は、いった。

「その写真に、連中も、写っているのか？」

「いえ。彼等は、写っていません。ただ、二枚に、手先が、写っていました。廃バスの車内で、女を裸にし、鎖でつないだあと、その身体にスタンガンを押しつけて、痛めつけているんですが、そのスタンガンを持った手が、写っているんです。それだけです。写真に連中が、写っているのは」

と、西本は、いった。

「その手が、誰のものかわかるか？」

「わかります」

「わかる？　どうして？」

「ブランドものの腕時計をはめています。コルムで、文字盤は、黒。バンドに金が入っています」

「それなら、江波のものだ。旧天城トンネルで、射殺されていた江波は、それと同じコルムをしていた」

「それなら、女の身体に、スタンガンを押し当てているのは、江波の左手でしょう。そうやって、右手で、カメラのシャッターを押したんです」

「確かに、病気だな」

と、十津川が、いった。

第三章　ベレッタ二二口径

1

河津署の捜査本部には、少しずつ、伊豆半島各地の情報が、集まってきた。

中西と思われる男を、見かけないという情報が、殆《ほとん》どである。その場所を、消していく。

白と青のツートンの三菱《みつびし》パジェロを、修善寺で見かけたという知らせが、入った。ナンバーは、わからないが、十津川は、この情報に、注目した。

中西収の車が、四駆の三菱パジェロで、車体の色も、白と青のツートンだったからである。この車は、東京の彼のマンションから、消えたままだった。

「修善寺へ行ってみます」

と、十津川は、県警の三浦警部に、いった。

「私は、もうしばらく、各地の情報を集めます」

三浦は、そういい、十津川とは、絶えず、連絡をとることにした。

十津川と、亀井は、県警のパトカーを借りて、修善寺に向かった。

「目撃されたのは、二日前だといいますから、もし、中西だったとしても、もう、修善寺にはいないでしょう」

亀井が、車を運転しながら、いう。

「それなら、何処へ行ったか知りたい。中西は、獲物と、好みの場所を探しているんだ」

と、十津川は、いった。

「仲間の竹内と、江波が殺されたことは、ニュースでもう知っていると思いますから、逃げ出したんじゃありませんか」

「かも知れない。しかし、東京には逃げないだろう。警察が、マークしているのは、知っているからね。現に、西本たちの話でも、中西は、東京の自宅に戻った形跡はない」

「今、中西は、どんな気分で、いるんでしょうね？」

「仲間の二人が、射殺されて、誰がやったかわからずに、当惑しているんじゃないかな。警察が、殺す筈《はず》がないからね」

「自分も、殺されるのではないかと、怯《おび》えていれば、ざまあみろと、思いますがね」

と、亀井は、いった。

車は、湯ヶ島を抜け、修善寺に入った。

桂川に沿って走り、修善寺の傍《そば》の派出所でまず、話を聞くことにした。車の目撃談は、この派出所から、知らせてきたのである。

派出所から、桂川の中に作られた露天風呂、独鈷の湯が、見える。

今は、あずま屋風の屋根と塀で囲われてしまっている。板で囲われているとはいえ、昼間は、入る人も、いないらしく、ひっそりとしている。

派出所の巡査は、問題の車について、

「この先の河原に、停《とま》っていまして、それを、釣りに来た人間が、目撃していたわけです。釣り人が、よく停める場所ですが」

「その車に乗っている人間は、目撃されていないのか？」

と、亀井が、きいた。

「運転席に、三十代の男がいたが、サングラスをかけているので、はっきり顔立ちはわからなかったそうです。ナンバーは、東京で、カメラを持っていたと、いっています」

「カメラをね」

「そうです」

「その車は、何日、河原に停っていたんだ？」

「半日くらいだと思われます」

「その後、その車は、この周辺で、目撃されていないのか？」

「おりません。それで、修善寺を離れたんだと、思っているのですが」

と、巡査は、いった。

地図によれば、修善寺は、中伊豆の要《かなめ》の場所にある。北上すれば、伊豆長岡《いずながおか》から、三島《みしま》、熱海《あたみ》に出られる。左への道を行けば、西海岸の戸田《へだ》に出る。

右へ行けば、東海岸の伊東《いとう》である。

「その車は、まず、中西だと見ていいだろうな」

と、十津川は、亀井に、いった。

二人は、派出所を出て、パトカーに、戻った。

「ここから、中西は、何処へ行ったのかな？」

「選択肢が、多過ぎますね。東海岸にも、西海岸にも出られますから。それより、中西は、何故《なぜ》、修善寺に来ていたんでしょう？」

と、亀井が、きく。

「竹内は、河津七滝に来て、江波は、旧天城トンネルに行った。それぞれ、そこで、好みの女を見つけて、レイプして、殺し、裸の写真を撮るつもりだったんだ。中西は、修善寺の何処かで、同じことをするつもりで、ここにやって来たんだろう。例えば、露天風呂の独鈷の湯でね。しかし、川の真ん中で、板の橋を渡って行かなければならないし、両側から、いつも、人の眼がある。それで、独鈷の湯での殺人を断念したんじゃないかと思う」

「断念して、何処へ向かったんでしょう？」

「カメさんなら、どちらへ向かう？　伊豆長岡へ向かうか、東海岸へ出るか、それとも、西海岸か？」

「彼は、仲間の二人が射殺されたことや、警察が自分を探していることを、知っている筈です。と、すると、賑《にぎ》やかな東海岸や、伊豆長岡方面ではなく、人の少ない西海岸へ向かうと思います。私なら、そうしますね」

「それなら、西海岸の戸田へ行ってみよう」

と、十津川は、いった。

亀井が、車をスタートさせて、すぐ、十津川の携帯電話が、鳴った。

県警の三浦警部からだった。彼は、やや、興奮した調子で、

「ついさっき、下平《しもひら》みどりという若い女性が、捜査本部に出頭して来ました。旧天城トンネル内で、江波匡に、レイプされかけた女性です」

「それで、どんなことを話しているんですか？」

十津川も、興奮した口調で、きく。

「伊東で、下田へ行くバスを待っていたら、江波に、乗りませんかと誘われたんだそうです。車がポルシェだったし、同じ方向に行くというので、乗せて貰ったと、いっています。そこから、湯ヶ島へ出て、旧天城峠の近くまで来たとき、急に、男の態度が変わって、トンネルに、連れ込まれた。怖くて、逃げられなかった。顔を殴られ、服を脱がされた時、突然、拳銃を持った女性が、やって来て、男を脅して、車の外へ連れ出したので、その隙《すき》に、逃げたと、いっています」

「その女の顔を、見ているんですか？」

「いや。はっきりとは、見ていないんです。ただ、女だというのと、拳銃を持っていたのは、覚えているそうです。そのまま、黙っていようと思ったのだが、旧天城トン

ネルで、男が射殺されたと知って、出頭したと、いっています。下平みどりは、二十歳、横浜の短大生で、ひとりで、伊豆に遊びに来ていたそうです」

「射殺したのは、やっぱり、女でしたか」

「そうなります。十津川さんのいった通り、K旅館で、後藤ゆみと、名乗っていた女でしょう」

「ポルシェ911の車内に落ちていた口紅は、その女性のものですか？」

「自分のものだと、いっています」

「江波は、彼女に、車の中で、仲間の中西や、竹内のことは、何か話さなかったんでしょうか？　今、修善寺にいるんですが、中西の行方は、わからず、これから、西海岸に出ようと思っているところなんですが」

「江波は、自分のことを、東京の医者で、カメラの趣味があると話していたそうです。旧天城トンネルへの途中で、何枚か写真を撮られたとも、いっています。その時は、とても、紳士的だったそうです」

「仲間のことは、話さなかったんですか？」

　十津川は、念を押した。

「何回も聞いたんですが、江波は、自分のことしか話さなかったと、いっています」

「江波のカメラには、フィルムは、入ってなかったんでしたね」

「そうです。フィルムは、江波を殺した女が、持ち去ったんだと思っています。写真から下平みどりが、見つかって、その口から、自分のことが、バレるのを恐れたからだと見ています」

と、三浦は、いった。

十津川は、電話を切ると、亀井に、今の話を伝えた。

亀井は、スピードをゆるめて、

「女が、射殺したと、はっきりしましたか?」

と、嬉《うれ》しそうに、いった。

「それで、ますます、この女のことを、知りたくなるんだが、後藤ゆみには、姉妹はいないというからね。なかなか、人物像が、つかめないんだ」

十津川が、困惑した顔で、いう。

「県警の三浦警部は、女の犯行としては、おかしいといっていましたね。女が、拳銃を使って、殺人をするというのは。私も、三浦警部の疑問は、もっともだと思うのです。海外では、女が、拳銃を振り廻すのも、珍しいことではありませんが、日本では、めったにありません。女の犯人の場合は、ナイフで刺すか、毒殺が、ほとんどです」

「その点は、同感だ」

と、十津川は、肯《うなず》いてから、

「それだけに、逆にいえば、特別な女性だということも、いえるんじゃないかね」

「アマゾネスみたいなですか」

亀井が、笑いながら、いった。

「そうだ。ある意味で、アマゾネスだよ。死んだ女の名前を使うし、平気で、拳銃を振り廻す。しかも拳銃の腕前は、たいしたものだ。それに、人殺しをやったあとでも、冷静でいられるんだからね」

「そんな女が、日本にいますかね？」

「日本も、どんどん、変わっているよ。大型ダンプの運転だって、女性がやっているし、肉体労働にだって、女性が進出している。先日は、テレビで、女性のボクシング試合というのを見たよ」

「そういえば、自衛官にも、女性がいましたね」

亀井も、肯く。

亀井が、また、スピードをあげた。そのスピードに、十津川は、身をゆだねていたが、急に、

「カメさん、停めてくれ！」

と、叫んだ。

パトカーが、とまると、十津川は、黙って、車から、外に出た。

一月だから、暖冬といっても、さすがに寒い。それでも、十津川は、自分の考えを、まとめようと、寒風の中で、煙草をくわえ、手で囲って、火をつけた。

亀井も、車からおりてきて、十津川の横に並び、同じように、遠くの山脈を見つめた。

「例の似顔絵だがねえ」

と、十津川が、いう。

「ニセの後藤ゆみの似顔絵ですね。河津のK旅館の女将と、仲居の証言で、作られた――」

「あの顔だが、何処かで見たような気がしてきたんだよ」

「本当ですか？」

「何処かで、会ってるんだよ」

「最近ですか？」

「最近、会ったような気がしている」

「それで、女の名前を思い出せないのは、警部らしくないじゃありませんか。どうしたんです？」

と、亀井が、いった。

十津川は、それには答えず、しばらく考えていたが、

「私は、無意識に、犯人について考えることを拒否していたのかも知れない」

「どういうことですか？　別に、警部の縁故の女性というわけじゃないんでしょう？」

亀井が、不思議そうに、きく。

「カメさんが、さっき、自衛隊にだって、女性がいるといっただろう？」

「ええ。それが、どうかしましたか？」

「射殺犯は、似顔絵の女に間違いない」

十津川は、復習するように、いった。

「そうです」

「県警の三浦警部が、女の犯行とは思えないといった。しかし、女でも、拳銃で、相手を殺すことが出来るケースがあるんだよ。カメさんがいった女なら、それが、出来る」

「自衛官ですか？」

「自衛官ではなく、女刑事だ」

と、十津川は、いった。

「まさか、刑事が、人殺しをしているというんですか？」

亀井が、眉をひそめた。

「だから、無意識に、考えることを拒否していたんじゃないかと、いったんだ」

「しかし――」

「女刑事なら、拳銃を使うことに、慣れているし、しかも、女刑事は、軽いベレッタ二二口径を使っている」

「それは、そうですが、われわれの中で、女刑事といえば、北条刑事一人ですが、彼女が、射殺犯の筈はありませんよ」

「わかっている」

「じゃあ、何処の女刑事ですか？」

「第一の殺人は、井の頭公園であったから、三鷹警察署、第二の殺人では青梅警察署、第三の殺人事件では、深川《ふかがわ》警察署が関係している。そこの刑事だよ」

と、十津川は、いった。

捜査の主力は、本庁の十津川たちだが、各警察署の刑事も、捜査に協力している。

「この三つの警察署の女刑事なら、当然、捜査の状況も知っているし、竹内たち三人のことも知っている。私は、多分、この三つの警察署のいずれかで、彼女に、会っているんだ。だから、何処かで見たと感じていたんだと思う。しかし、同じ、刑事仲間が、殺人犯とは思いたくなかったので、無意識に、思い出すことを、拒否していたのではないか」

「しかし、警部。何度もいいますが、警察官が、私刑《リンチ》は、しませんよ。私は、そんな刑事はいないと思っています」

亀井は、睨《にら》むように、十津川を見た。

「わかっているよ」

「いえ。警部は、わかっていませんよ。警部は、何処かで、この三つの警察署の一人の女刑事が、竹内や、江波を、私刑《リンチ》したと、お考えなんでしょう?」

「考えたくはない。だが、問題の女が、女刑事なら、納得できてしまうことも、本当なんだよ」

「しかし――」

「何か、理由があるんだよ。理由がさ」

十津川は、そう繰り返し、携帯電話を取り出すと、東京の西本に、連絡を取った。

「女の似顔絵を、ＦＡＸで送ったね」

「はい。届いています」

と、西本が、答える。

「三鷹警察署、青梅警察署、それに、深川警察署にいる女刑事で、その似顔絵に一致する人間を、探してくれ」

「まさか、警部——」

と、西本も、電話の向こうで、声を落とした。

「考え込むのは、調べてからにして欲しいね。とにかく、似顔絵と一致している女刑事がいるかどうか、調べるんだ」

「いたらどうします？」

「まず、彼女と、第一、第二、第三の被害者との関係を徹底的に調査する。それから、現在、彼女が、どんな位置にいるかを知りたい」

「どんな位置といいますと？」

「今回の捜査と、どう関係しているかだ」

十津川は、怒ったように、大声を出した。

「他には、何を調べますか？」

「もし、該当する女刑事がいたら、彼女のこの二つの事件のアリバイを調べてくれ。伊豆で、竹内と、江波が殺された日のアリバイだ」

「わかりました。該当者がいないことを祈っています」

と、西本は、いった。

2

西本と、北条早苗の二人が、この、あまり、愉快でない調査に当たることになった。

まず、捜査本部の置かれている三鷹警察署を調べ、そのあと、青梅警察署、深川警察署と当たっていった。

三鷹署で、該当者がいなくて、ほっとしたのだが、次の青梅署で、似顔絵そっくりの女刑事がいることが、わかった。名前は、本田京子《ほんだきょうこ》。三十歳。

西本たちは、署長の岸本《きしもと》に会った。

「本田刑事なら、今、休暇を取っているよ」

と、岸本は、いった。

「休暇の理由は、何ですか?」

西本が、きいた。

「私が、休暇を取れと、いったんだ」

「何故ですか？」

「それが、彼女のためだと思ったからだよ」

「どういうことでしょうか？」

今度は、北条早苗が、きいた。

「最初、本田刑事は、今回の連続殺人事件の捜査に加わっていたんだが、廃バスの車内で殺された被害者の中川かえでと、関係があることが、わかってね。そのためか、彼女ひとり突っ走ってしまうので、外したんだ」

「どういう関係だったんですか？」

と、西本が、きいた。

被害者のことは、調べている。もし、中川かえでと、関係がある女性なら、当然、本田京子の名前が、浮かんできている筈だが、西本にしろ、早苗にしろ、初めて聞く名前だった。

「それが、ちょっと、いいにくいことなんだがね」

岸本署長は、眉を寄せた。

「それでも、ぜひ、話して下さい」

と、早苗が、頼んだ。

「本田刑事は、中川かえでの短大の先輩でね」

「それだけですか？」

「それだけなら、捜査から外したりはしない。本田刑事は、独身で、男まさりだ」

「――――」

早苗は、言葉を呑《の》み込んだ。ひょっとしてという眼で、署長を見ると、

「そうなんだよ。本田刑事は、特別な感情を、殺された中川かえでに対して、持っていたらしいのだ。だから、竹内、江波、中西の三人の男が、容疑者として浮かんでくると、証拠もなしに、私刑《リンチ》をしかねない勢いだった。それで、私は捜査から外したんだ」

「それで、本田刑事は、どうしました？」

と、西本が、きいた。

「時々、休むようになった」

「休んで、どうしていたんでしょう？」

早苗が、きく。

「私は、知らん。心配はしたが、彼女の気持ちを察して、聞くことはしなかった」

と、署長は、いった。

(休んで、竹内たちを、見張っていたのではないか?)

と、早苗は、思った。

それで、去年の十一月、竹内たち三人が、伊豆へ行くのを尾行したのではないか?

もし、そうなら、本田刑事は、三人が、河津で、四人目の後藤ゆみを殺したことを、知っていたのではないか。

「今、本田刑事は、休みを取っているんでしたね?」

「今もいったように、彼女が、神経質になっていると思ったので、休みを取るように命令したのだ」

「いつから、休みを取っているんですか?」

「今年に入ってすぐだ」

それなら、竹内健治が、河津で射殺された時にも、アリバイがないことになる。

「本田刑事は、ベレッタ二二口径を、使用しますね?」

西本が、強い表情で、きいた。

「ああ。ベレッタを、持たせている」

「射撃の腕はどうですか？」

「男まさりと、いった筈だよ。男の警察官をおさえて、署内で、優勝したことがある」

「今、その拳銃はどうなっていますか？」

「もちろん、休暇中だから、ここで、保管してある筈だよ」

「本当に、保管されているか、調べてくれませんか」

「調べるまでもないと思うが」

「それでも、念のためです。ぜひ、調べて下さい」

と、西本は、主張した。

岸本署長は、副署長を呼んだが、五分後に、騒ぎになった。

本田京子のベレッタ二二口径が、戻されていなかったのだ。

「信じられん」

と、署長は、繰り返した。

「本田刑事の住所を教えて下さい」

早苗は、険しい眼で、署長を、睨むように見た。

3

二人は、パトカーで、青梅市内の、本田京子のマンションに急いだ。

その車の中から、早苗が、今、戸田にいる十津川に、携帯をかけた。

「残念ですが、青梅警察署の本田京子という刑事に、間違いないようです」

「間違いないんだな？」

十津川が、念を押した。

「今、休みを取っていますが、彼女のベレッタ二二口径も、消えています」

「彼女は、どう今回の事件に関係しているんだ？　竹内たちを射殺しているのは、何のためだ？」

「青梅の廃バスの中で殺された中川かえでの、学校の先輩です」

「それだけなのか？」

「本田刑事は、三十歳で独身、男まさりの性格だといいます」

「それで？」

「署長は、言葉を濁していますが、本田刑事と、中川かえでは、特別な関係だったようです」

「同性愛ということか？」

「そうです。最初、本田刑事は、今回の捜査に加わっていたんですが、署長が、それを知って、外したといっています。竹内たちを、私刑《リンチ》しかねない様子だったそうです」

「彼女のアリバイは？」

「今年の初めから、休みを取っていますから、伊豆の二つの射殺事件について、アリバイは、ありません。これから、本田刑事のマンションに行って、詳しく、調べてみるつもりです」

と、早苗は、いった。

マンションに着いた。管理人に、二〇八号室を、開けて貰う。

１ＬＤＫの部屋だった。リビングのテーブルに、封書が、置いてあるのを、二人は、発見した。

〈岸本署長様〉

と、表に、書かれてあった。

中身を取り出した。便箋《びんせん》数枚に、意外に小さな字が、並んでいた。

〈私は、刑事として落第です。それだけでは、ありません。これから、私は、犯罪者になります。その覚悟で旅に出ます。

多分、私は、これから、人を殺すでしょう。どうしても、あの三人を許せないのです。これには、私の個人的な感情が含まれています。署長が、いわれた通り、私は、かえでの仇《かたき》を討ちたいのです。彼等が、連続殺人事件の犯人だという証拠を、まず、集めてという悠長なことは、していられないのです。

連中が、かえでを殺したことは、私には、はっきりしています。それも、ただ殺したのではありません。彼女を廃バスの車内に全裸にして閉じ込め、レイプし、痛めつけ、その上、殺したのです。そんな連中を、私は、絶対に許せないのです。その時のかえでの苦しみや、口惜しさを考えるだけで、私の身体は、ふるえてくるのです。

署長は、私を、捜査から外されました。署長にも、私が、何をやるかわからなくて、心配だったのだと思います。

そのあと、私は、時々、勝手に休み、竹内たちを、見張りました。おかげで、三人が、江波のワゴンで、伊豆へ出かけるのにぶつかり、車で、あとをつけました。そして、河津の蛇滝で、若い女が死んだのを知りました。三人が、彼女を殺すところは、見てはいませんが、連中の犯行とすぐわかりました。彼女が、連中の好みの女だったからです。私は、このことを、署長にも申しあげませんでしたし、十津川警部にも、報告しませんでした。もし、報告すれば、私は、ますます、捜査から遠ざけられてしまうと、思ったからです。これだけでも、私は、刑事失格です。

これから、私は、連中を殺しに行きます。べったりと、張りついていて、隙を見て一人一人殺していくつもりです。その際、私の名前も、青梅署の刑事であることも、いいません。別人の名前を使います。

ただ、ベレッタ二二口径を、使うことは、お許し下さい。この拳銃を持っていると、連中が、どんなに凶暴でも、勝てるという気がするのです。

三人を殺したあと、どうすべきか、覚悟は出来ています。

本田京子

岸本署長様〉

改めて見廻すと、１ＬＤＫの部屋は、きちんと、整理され、掃除されている。覚悟をして、本田京子は出かけたのだ。

4

十津川は、戸田の旅館で、この手紙を、ＦＡＸで、受け取った。

「遺書ですね」

と、亀井が、いった。

「そうだな」

「こういう遺書を読むと、不思議な気持ちになります。刑事としては、不謹慎なのかも知れませんが」

「本田刑事に、同情してしまうか？」

「彼女の目的を、遂げさせてやりたくなって来るんです。最後の中西も、殺させてやりたいと。彼女は、そのあと、死ぬ気でいるんでしょうから」

「カメさんにも、そういう気持ちがあるんだ」

「私は、もともと、センチメンタルですよ」

と、亀井は、笑った。

「とにかく、出かけよう」

十津川は、本田京子の遺書をポケットに入れて、立ち上がった。

「何処へ行くんです？」

「ここに、今、中西がいないことは、はっきりした。中西がいなければ、本田刑事もいない。だが、中西らしい男が、この戸田の民宿に泊まっていたことは、わかった。彼は、移動したんだ」

「何処へです？　南の堂ヶ島《どうがしま》の方向へ行ったのか、それとも、北の大瀬崎《おせざき》へ向かったのか」

「多分、北だ」

「どうしてです？」

「南の堂ヶ島、松崎《まつざき》方面へは、たいていの人間が行く。北は、道路が悪いし、大瀬崎は、ダイビングで有名だが、冬の今、観光客が行く所じゃない。中西としては、修善寺から、この戸田にも、人の気配のない所へ、所へと気分で、やって来たと思っている。だから、北の大瀬崎へ行ったと思っているんだ。当然、本田刑事も、彼を追って、行っただろう」

「しかし、人の少ない場所では、獲物も少ないんじゃありませんか」

「だから、まだ、中西は、新しい殺人を犯していないんだよ」

「それでも、彼は、新しい殺人をやる気ですかね？」

「その欲求には勝てない筈だ。修善寺、戸田と、車を走らせながら、彼は、新しい獲物を、探し続けているんだと思っている。彼は、仲間二人が、射殺されたのを知っている。何者とも知れぬ人間が、自分を追いかけてきていることを感じている。その恐怖と、警察に追われている不安が、重なっているに違いない」

「それでも、中西は、獲物を狙いますか？」

「疲れて、神経が高ぶっている時に、性欲が強くなるのと同じだよ」

二人の刑事は、旅館を出ると、車で、北の大瀬崎に向かった。突端の大瀬崎から、三津浜を抜けて、伊豆長岡へ出るコースは、昔は、道が悪く、車の往来も少なかったのだが、今は、工事が行われ、道路の拡張が、各所で行われている。

大瀬崎が、ダイビングスポットとして脚光を浴び、三津浜に、レジャーランドが出来たりしているからだろう。

大瀬崎に着いた。

昔は、漁師の祭りの時だけ賑わう場所だったが、現在、根元のあたりには、ダイビングスクールが、出来たり、ダイビングの用具の店が、ひしめいていた。年間、数万人のダイバーが訪ねてくるといわれる。また、夏は、海水浴場としても賑わうのだが、一月の今は、さすがに、ひっそりと静かである。

ダイビングスクールや、用具店も、殆ど、店を閉めていた。

「ここには、中西は、来ていないようですね」

と、亀井は、周囲を見廻した。

駐車場にも、中西の三菱パジェロは、見当たらなかった。

それでも、十津川は、車を、大瀬崎の先端に向けて走らせた。

ダイビング基地を抜けると、細長い砂浜が続く。

砂浜にも、人の姿はない。先端には、大瀬神社があり、そこには、伊豆の七不思議といわれる池がある。神池《かみいけ》といわれるこの池は、海から、五十メートルしか離れていないのに、淡水であることから、七不思議の一つといわれるのだ。

長い砂浜の中間あたりに、古い旅館がある。

十津川と、亀井は、その旅館で、中西のことをきいてみた。

中西を見たという話は聞けなかったが、

「ツートンの四輪駆動の車なら、見ましたよ」

と、旅館の若い女性従業員は、教えてくれた。詳しく、その車のことを聞くと、どうやら、白とブルーの三菱パジェロのようだった。東京ナンバーだったともいう。

「神池の近くに、二時間近く、とまっていたんですよ。それで、気になりました」

と、彼女は、いった。

「どうして、気になったんですか？」

と、十津川は、きいた。

「あの池には、鯉《こい》なんかが、沢山いるんですけど、捕《と》ってはいけないんです。だから、もし捕っているんなら、注意しようかなと、思ったんです。でも、違っていたんで、ほっとしました」

「車の人間を見たんですか？」

「ええ。写真を撮ってました。写真なら、いくらでも撮って、結構ですから」

「どんな人間でした？」

「三十歳ぐらいの男の人でした。神池の周囲を、一生懸命に、写真に撮っていましたわ」

「そのあとは？」

「車に乗って、行ってしまいました」

「それは、いつのことですか？」

「確か、二日前のことです」

「その後は、車も、男も、見ていないんですか？」

「ええ」

（二日前か）

十津川は、迷った。

その男は、どうやら、中西らしいとは、思う。

だが、二日前だ。そして、その後、見ていないという。

車に戻ると、十津川は、

「どう思うね？」

と、亀井に、きいた。

「中西だと思います」

「その点は、同感だが、私が、気になるのは、彼が、ここに戻って来るかどうかということなんだ」

「神池を、写真に撮っていたということでしたね。ロケハンじゃありませんか？」

亀井が、神池の方に眼をやった。ここからは、林に囲まれていて、池は見えない。

「ロケハンか」

「そうでしょう？　竹内が、河津の滝を選び、江波が、旧天城トンネルを選んだように、中西は、ここの神池を選んだんじゃありませんか？」

「女の裸の死体を浮かべる場所としてか」

「そうです。神の池なら、神への冒瀆《ぼうとく》という快感も得られますよ」

「神への冒瀆ねえ」

「連中なら、それも、平気で、快感になるんじゃありませんかね」

「もし、そうなら、中西は、何処かで、犠牲《いけにえ》の女を見つけて、神池に、連れてくるな」

「ただ――」

十津川は、自分にいい聞かせる調子で、いった。

急に、亀井が、難しい顔になった。

「わかっている。中西は、他で、新しい殺人をやるかも知れないというんだろう。何しろ、もう二日間過ぎているからね」

「そうなんです」

「ただ、いぜんとして、この伊豆半島で、猟奇殺人は、起きていない。静岡県と隣接している県でもだ。中西が、ここ二日間で、好みの女を見つけられずにいることも、考えられる」

と、十津川は、いった。

どうしたらいいのか？

方法は、二つである。この大瀬崎に、とどまって、中西が、犠牲の女性を見つけて神池に戻ってくるのを待つか、戻って来ないと考えて、この先の三津浜方向に、向かって、中西を探すかである。

間違えれば、中西を、取り逃すことになるのだが、どちらかに、決断しなければならなかった。

「三津浜から、伊豆長岡の方面は、三浦警部に委せようと思う」

と、十津川は、いった。

「では、ここに残って、中西が、戻ってくるのを待つんですね？」

亀井は、微笑した。彼も、ここに残る方に、決めていたのだろう。

十津川は、眼の前のO旅館に、泊まることにした。県警の覆面パトカーは、旅館の裏の駐車場に入れた。

砂浜が見える部屋を、選んだ。

すでに、夕闇《ゆうやみ》が、近づいていていた。空気が澄んでいるので、部屋の窓から、富士山が、くっきりと、見える。

「今から、夜間は、交代で、神池の方向を見張ろう」

と、十津川は、いった。

「本田刑事は、どうしているんでしょうね？」

「中西を見つけたとすれば、彼を尾行している筈だ。そして、隙を見て、射殺するつもりだ」

「彼女が、中西を殺す前に、中西を逮捕したいですね」

「その逆の場合も考えられる」

「逆ですか？」

「中西が、本田刑事を殺す可能性だよ。中西は、仲間二人が、射殺されたのを、ニュースで知っている筈だ。用心しているだろう。護身用に、銃を手に入れることは、無理としても、ナイフぐらいは購入していると思う。だから、本田刑事が、下手に近づけば、刺される危険がある」

「そうですね。どちらも防ぎたいものです」

「では、まず、腹ごしらえをしよう」

と、十津川は、いった。

仲居が、夕食を運んで来てくれた。大瀬崎らしく、魚料理だった。

陽は、落ちて、周囲は、すでに、暗くなっている。

二人は、窓際に、テーブルを寄せ、砂浜を見ながら、食事を始めた。

コンクリートの道が、神池の方向に通じている。

もし、中西が、車で、神池へ向かうとすれば、あのコンクリートの道路を通る筈だった。

幸い、その道路の、旅館に近い辺りは、灯《あか》りが届いている。

十津川は、窓際に腰を下し、三浦警部に、携帯をかけた。

三津浜や、伊豆長岡方面で、中西を探してくれるように頼んでから、

「今日は、まだ、伊豆半島で、若い女性が殺されたという事件は起きていませんか？」

今、七時のニュースでは、何もいっていませんでしたが」

「現時点まで、起きていません。全国的にも、若い女が、残酷な殺され方をしたという事件は、起きていないようです」

「それなら、一安心です。私は、亀井刑事と、大瀬崎にいます。ここに、中西が来ることに、賭《か》けています」

と、十津川は、いった。

「大丈夫ですか？　お二人だけで」

三浦警部が、きく。

「大丈夫ですし、われわれ二人だけの方が、中西が、現われやすいと思います」

「大瀬崎に、中西が現われる確率は？」

「五分五分だと思っています。それで、三津浜や伊豆長岡方面を、県警に、当たって頂きたいのです」

と、十津川は、いった。

午後七時を過ぎた時、亀井が、

「車です！」

と、鋭い声を出した。

5

十津川も、窓の外を見た。

白と、ブルーのツートンの三菱パジェロが、旅館の灯りの中を通り過ぎた。

その車は、たちまち、灯りの外に消えてしまった。

「行こう！」

と、十津川が、叫び、二人は、部屋を出ると、階段を駈けおりた。

裏の駐車場から、車を引き出している余裕はなかった。

二人は、外に飛び出すと、神池に向かって、駈け出した。

ツートンカラーの三菱パジェロは、すでに、松林の中に、消えていた。

十津川は、コンクリートの道路を走りながら、拳銃を取り出した。万一の時は、射つ積もりだった。

本田刑事にも、中西を殺させたくなかったし、中西が、本田刑事を殺すことも、防ぎたい。それ以上に、中西による新しい惨劇は、防ぎたかった。新しい犠牲者は、出したくない。

松林の中に入って行く。

暗い。

その中に、光が見えた。車のヘッドライトである。神池の端に、三菱パジェロがとまっていて、そのヘッドライトが、ついているのだ。

ふいに、その方向から女の悲鳴が、聞こえた。

十津川と、亀井が、車の方向に、走った。

「止《や》めなさい！」

今度は、女の鋭い声が、聞こえた。

車のヘッドライトのために、その場所だけが、明るくなっている。

その場に、三人の男女がいた。

ナイフを持った中西、その足元にうずくまっている女、その女は、下着姿になっている。

三メートルほど離れた場所に、拳銃を持った女が、仁王立ちになっていた。その銃口が、まっすぐ、中西に向けられている。

飛び出していこうとする亀井を、十津川は、押し止《とど》めた。その場の空気で、女が、いきなり引金をひきそうには見えなかったからだ。

「お前が、竹内と、江波を殺したのか？」

中西が、甲高《かんだか》い声で、きく。

「あなたにも、罪を告白するだけの時間は、あげるわ」

女は、落ち着いた声で、いった。

「おれの罪？」

「そう。竹内や、江波と一緒になって、何人もの若い女性をレイプしたうえ、殺したんでしょう。今も、その女性を殺そうとしている」

「芸術だよ。素晴らしい写真を撮るためだ」

中西が、いい返した。

女の口元に、歪《ゆが》んだような笑いが、浮かぶ。

彼女は、左手で、マイクロレコーダーを取り出して、それを、中西に見せた。

「さあ、今までやったことを、全て、告白しなさい」

「そのあとで、おれを殺す気だろう？」

「もちろん、罪は、償って貰うわ。でも、五分間、告白すれば、五分間は、生き延びるわけよ。今、すぐ、死にたいというのなら別だけど」

「――――」

「いっておくけど、この距離なら、絶対に外さない。あなたの眉間を、一発で射ち抜けるわ。どうするの？　五分間生き延びたいのなら、すぐ、告白を始めなさい。その間に、必死になって、そのバカな頭で、どうしたら逃げられるか、考えてみたらどうかしら？」

女の顔には、憐《あわ》れむような、小さな笑いが、浮かんでいた。

「いち、にい、――」

と、彼女が、数え始める。

「おれは、いや、おれたちは、去年の二月――」

「その調子よ。詳しく告白すれば、それだけ、一分でも二分でも、長生き出来るわよ」

女は、冷静な口調で、いった。

（たいした女だ）

と、見守っていた十津川は、感心した。

竹内を、河津で殺した時も、江波を、旧天城トンネルで射殺した時も、殺す前に、犯行を告白させ、それを、テープに録《と》ったに違いない。

激情にかられての復讐と、十津川は、考えてきた。確かに、それが、八十パーセントぐらい、彼女を支配しているだろう。

今、眼の前で、中西に、ベレッタの銃口を向けている女の全身から、憎悪が、にじみ出ている、いや噴出しているように見える。

だが、この女は、その中で、冷静さを保ち、刑事の意識も、持っているのだ。

相手に、罪を告白させ、それを、録音しようとしている。竹内や、江波にも、同じように、告白させてから、引金をひいたのだろう。

　中西の告白が続く。

「おれたち三人は、芸術家だ。人間の極限の美しさを、写真に撮りたかった。一つの極限というのは、恐怖だよ。恐怖の表情だよ。死の直前の、凍りつく恐怖の表情を、フィルムに写しとりたかった。だから、二月に、それを、三人で、実行した。江波のワゴンで、狩りに出かけた。おれたちにも、好みがあるから、誰でもいいというわけじゃない。おれたちは、ぜいたくなんだ。最高の写真を、撮りたいからね」

「最高のね」

　女の顔に、冷笑が浮かぶ。

「それで、あの女をゲットした。夜の公園で、死んだ女の肉体に、白い雪が降り積もるのは、素晴らしいシーンだった。寒さと、恐怖にふるえている彼女の表情も、素晴らしかった。映画の恐怖のシーンが、いかに、嘘《うそ》っ八《ぱち》なものか、よくわかる写真が、撮れたんだ」

　中西の声は、もうふるえていなかった。自分の言葉に酔っているみたいだった。

「殺した、いえ、殺された女性の名前を、いって、ごらんなさい」

　女が、命令した。

「名前？　そんなものは、覚えていない。おれたちにとって、素晴らしいオブジェだったことだけは覚えているよ。それでいいじゃないか。他に、何が必要なんだ？」

「二人目の女性の名前だって、覚えていないんでしょうね？」

「名前は、必要ないと、いったじゃないか。たまたま、あの女が、見事な肉体をしていたというだけのことだ」

「名前は、中川かえでよ」

女は、声を大きくした。

「あんたの知り合いか？」

「もう一度、いうわ。中川かえで。死ぬ瞬間に、その名前を、口の中で、繰り返しなさい」

「もう殺すのか？　まだ、喋《しゃべ》ることが、あるんだ」

「いいわ。聞いてあげるから、話しなさい」

「その中川かえでを、おれたちは、奥多摩の廃バスに、連れて行った。江波が、前に、あのバスを見ていて、面白い場所があるといったからだ。狭いバスの中で、女を裸にして、好みのポーズにさせ、写真を撮るのは、難しかったよ。だが、面白い写真が、撮れたと思っている」

「車内に、彼女の運転免許証を、落としていったわね？　あれは、何の真似《まね》なの？　警察への挑戦状のつもりだったの？」

「何だったかな。多分、親切心だったよ」

「親切心？」

「女の身元を調べるのに、警察が苦労すると思ったからさ」

「三人目の被害者の名前だって、どうでもいいことだったのね？」

「名前は、ただの記号だよ。名前で、個人を分類する人間もいるだろうが、おれたちは、その女が、どんな顔をしているか、どんな肉体をしているかで、区別するんだ。写真に撮りたい女か、そうでない女かね。あの女も、合格だった。前の女たちと、同じ場所で、写しても面白くなかった。三人で考えた末に、江東の巨大冷凍庫の中にしたんだ。零下の倉庫の中に、牛肉の塊と一緒に、ぶら下がっている裸の女体だ。素晴らしい構図になると思った。そう思ったら、もう、抑制が利かないんだ。夜おそく、あの女をゲットして、冷凍庫に行き、錠をこわして、入り込んだ。ただ、マイナス三十度では、レンズが、曇ってしまって、写真が撮れないので、少しあげたんだが、気に入った写真が、撮れて、満足したよ」

「十一月に、河津で、四人目の女性を殺したわね？」

「ああ。おれたちは、いつも新しい刺戟的《しげきてき》な写真を撮りたかったんだ。だから、今度は、東京を離れて、伊豆半島へ行き、滝を、背景《バック》に、写真を撮りたかった。獲物は、東京で手に入れたんだが、肝心の時に、油断して、逃げられてしまった。追いかけたら、滝に飛び込んで、死んでしまったんだ。バカな女さ」

「何処が、バカだといえるの？」

　女の表情が、険しくなってくる。

　中西は、それには、気付かない感じで、相変わらず、自分に酔ったように、

「逃げたりしなければ、おれたちの芸術の被写体になれたからさ。無駄に死んだんだ」

「死んだんじゃないわ。殺されたのよ。他に、もう、話すことはないの？　死んだら、何もいえなくなるわよ」

「本当に、おれを殺すのか？」

　中西が、怯えた顔になった。

「殺すと、宣告した筈よ」

「おれは、何もかも喋ったんだ。それなのに、殺すのか？」

「あなたも、死ぬ瞬間には、怯えて、ふるえるのね。彼女たちと、同じようにね。確

かに、その恐怖の表情は、楽しいわ」

女が嘲笑《ちょうしょう》した。

「助けてくれ！」

と、中西が、叫ぶ。

「かえでも、あんた達に、助けてくれと、頼んだんじゃないの？　それでも、あんたたちは、冷酷に殺したのよ」

女は、マイクロレコーダーをしまい、ゆっくりと、銃口を、中西の眉間のあたりに向けた。

亀井が、飛び出して行って、中西の身体に、体当たりして、転倒させた。

続いて、十津川が、その前に立ちふさがった。

「本田刑事！　捜査一課の十津川だ。もう殺すのは止めろ！」

6

「やらせて下さい！　そいつを殺せば、復讐が、完成するんです！」

本田京子が、拳銃を持ったまま、叫ぶ。

「こいつは、四人も女性を殺しているんだ。君が、殺さなくても、必ず、死刑になる」

と、十津川は、いった。

「でも、私の手で、かえでの仇を討ちたいんです。討ってやりたいんです」

「君は、刑事だ」

「いいえ。私は、もう刑事じゃありません」

「それなら、ベレッタを使うな！」

と、十津川は、叱《しか》りつけた。

中西が、やっと、起きあがると、十津川に向かって、

「その女は、頭がおかしいんだ。人殺しを楽しんでいやがるんだ」

と、叫んだ。

十津川は、いきなり、中西を殴りつけた。

「人殺しを楽しんだのは、お前だろう！」

「私にも、殴らせて下さい」

亀井が、いい、のろのろと、立ち上がってくる中西を、思い切り殴りつけた。

それを見た、本田は、気勢をそがれてしまったようだった。

十津川が、彼女に近寄って、その手から、ベレッタを、取りあげた。もう、中西を射たないことは、わかったが、拳銃で、彼女が、自殺するのが、怖かったのだ。

亀井は、中西に、手錠をかけたあと、うずくまっている若い女を、抱き起こした。

彼女は、気がついて、身体を、ふるわせている。

亀井は、三菱パジェロの車内から、彼女の服を持って来て、着せかけた。

十津川は、携帯で、三浦警部に、連絡を取った。

県警の刑事たちが、駈けつけてくる間、十津川は、砂浜に出て、腰を下ろし煙草に火をつけた。

これから、どうなるのか。

中西収は、間違いなく、死刑の判決を受けるだろう。

問題は、本田京子だった。彼女は、竹内健治と、江波匡の二人を射殺し、中西収も、射殺しようとした。

普通二人も殺せば、死刑の判決を受けることが、多い。だが、彼女の場合は、どうなるのだろう？　やむにやまれぬ行為ということにはならないのだろうか？

やがて、三浦たちが、到着し、中西や、本田刑事を連れて行った。

十津川は、亀井と、砂浜にとどまった。二人並んで、砂浜に腰を下ろす。

「本田刑事は、どうなるんでしょうね？」

と、亀井も、いった。

十津川は、それには、直接答えずに、

「家内が、もし、中西たちみたいな連中に、レイプされて、殺されてしまったら、自分は、どうするだろうかと、考えていたんだ」

と、いった。

「それで、どんな結論になったんですか？」

「今なら、犯人を捕えて、法律に照らして、罰して貰うというだろう。私は、刑事だし、現実に、家内は、殺されていないからだ」

と、十津川は、いった。

「そうですね」

「もし、本当に、殺されたら、それでも、冷静に行動できるか、私には、自信がない。犯人がわかっているのに、証拠がつかめずに、逮捕できない状況におかれたら、私は、辞表を書いて、警視庁を辞め、犯人を、自分の手で、殺してしまうかも知れない」

「わかります」

と、亀井が、肯く。

そのまま、二人は、黙って、暗い海を眺めていた。

十津川は、何本かの煙草を灰にした。

「寒くなりました。旅館に引き揚げましょう」

と、亀井が、小声で、いった。

「ああ」

十津川は、短く肯き、二人は、立ち上がった。

急に、寒さが、身にしみてきた。

北陸の海に消えた女

1

北陸の海岸は、初冬を迎えると、快晴の日は、めっきり少なくなる。

曇《くも》り空《ぞら》が多くなり、小雨になったり、それが、冷たいみぞれになったりするのだ。海は、青さを失って、暗くなり、時化《しけ》てくる。それは、豪雪の冬への前触れのように見える。

十一月二十五日も、朝から、どんよりした空が、広がっていた。

ＪＲ加賀温泉《かがおんせん》駅で、タクシーを拾った女は、最初、運転手に、

「山中《やまなか》温泉へ行って下さい」

と、いったが、車が、走り出すと、急に、

「海が見たいわ。すみませんけど、海岸へやって下さい」

と、いった。

森下《もりした》という中年の運転手は、車をとめて、

「寒いですよ」

「いいの。とにかく、海が見たくなったわ」

と、女は、いう。

（変な女だな）

と、森下は、思いながら、いわれるままに、海岸に向かった。

海沿いの道路に出る。

点在する家々は、夏は、民宿をやったりしているのだが、今は、海に面した戸を、固く閉ざしていて、人の気配もなく、空家のように見える。

ふいに、空が、鳴った。

「何なの？」

と、女性客が、きいた。

「カミナリですよ」

と、森下が、答える。

「冬に、カミナリが鳴るの？」

「この辺じゃあ、よく鳴ります。急に、寒気《かんき》が襲ってくると、カミナリが鳴って、冬になったことを教えてくれるんですよ」

「ちょっと、止めて」

と、女が、いった。

森下が、止めると、女は、ドアを開けさせて、車の外に出た。

空は重く、かぶさる感じがする。海は、鉛色で、風が強いので、沖は、白い牙《きば》をむいている。

女は、コートの襟《えり》を立て、道路の端まで歩いて行って、沖に眼《め》をやった。

風が、車を小さくゆする。

森下は、だんだん、心配になってきた。風邪《かぜ》をひいてしまうだろうと思い、車を出て、女を迎えに行こうとした時、彼女が、戻って来た。

さすがに、唇が、紫色に変色し、顔全体が、こわばってしまっている。吐く息が、白い。

「大丈夫ですか？」

と、森下は、ドアを開けて、女に、声をかけた。

女は、黙って、座席に腰を下ろすと、冷たくなった頬《ほお》を、両手で、おさえながら、

「いつも、こんなに寒いの？」

「もっと、もっと、寒くなりますよ」

と、森下は、いった。

その時、急に、車の屋根が、激しく音を立てた。窓の外を、白い小さなものが、雨のように降ってきて、それが、車の屋根に当たって、音を立てているのだ。

「寒いと思ったら、アラレですよ」

と、森下は、珍しくもないという顔で、いい、

「これから、山中温泉へ行きますか？」

と、女に、きいた。

彼女は、落ちてくる大粒のアラレに、見とれているようだったが、

「ええ。行って下さい」

と、いった。

森下は、車をスタートさせた。

冬の北陸の天気は、変化が、激しい。

車が海岸線を離れると、激しく落ちていたアラレも、止《や》んでしまった。

森下は、バックミラーに映る女の顔に、ちらちら、眼をやった。

年齢は、三十歳前後だろう。

整った顔立ちだが、どこか、暗い。

女ひとりで、温泉へ行くというのは、珍しいが、多分、男が、すでに泊まっていて、そこへ、行くということなのだろうと、森下は、想像した。

温泉地のホテル、旅館というのは、わけありの男女のデイトには、恰好《かっこう》で、森下は、そんな二人を、よく見ていたからである。

(何をしている女なのかな?)

と、森下は、考える。

OLだろうか?

それとも、人妻なのか?

それから、男に会いに行くのだとしたら、不倫の匂いがする。

橋を渡って、山中温泉に入った。

「何というホテルです?」

と森下は、きいた。

「その前に、食事をしたいの。食事の出来る店があったら、そこで降ろして下さい」

と、女は、いった。

「ホテルでも、食べられますよ」

「ホテルの食事は、嫌いなの」

女は、かたい表情で、いった。

「ラーメンの美味《うま》い店を知ってますが、そこで、いいですか？」

「ええ」

と、女は肯《うなず》いた。

その店の前で、女は、降りた。

2

翌、二十六日の朝。

山中温泉のKホテルの五階、五〇一号室で、泊まり客が、殺されているのが、発見された。

発見したのは、仲居の井上文子《いのうえふみこ》で、この泊まり客は、午前八時に、朝食を用意してくれるように、いっていたのである。

それで、文子は、八時に、部屋に行き、ノックしたのだが、返事がない。

この時は、温泉にでも入っているのだろうと思い、文子は、引き返したが、三十分を過ぎても、姿を見せないので、心配になった。

部屋の中で、発作でも起こしているのではないかと思い、文子は、マスター・キーで、ドアを開けた。

五〇一号室は、Kホテルでは、スイートルームと呼んでいた。和室と、洋間があり、洋間には、ツインのベッドが置かれている。

昨夜は、布団《ふとん》は、必要ないというので、敷かれていない。

文子は、座敷を、まず、のぞいたが、人の姿はなかった。

そこで、遠慮しながら、洋間のドアを開けたのだが、ベッドの上で、寝巻姿の男が、背中を刺され、寝巻と、ベッドを、血で染めて、死んでいるのを、見つけたのである。

この泊まり客は、東京都杉並《すぎなみ》区久我山《くがやま》×丁目××番地、入江孝男《いりえたかお》四十三歳と、フロントで、記入している。

チェック・インしたのは、十一月二十四日の午後四時頃だった。

ホテルからの通報で、県警の刑事たちが、パトカーで、駈《か》けつけた。

鑑識もやって来て、写真を撮り、指紋の採取を始めた。

県警が、連絡をとったところ、記載されていた住所と、氏名は本当で、電話に出た被害者の妻は、妙に冷静な声で、すぐ行きますと答えた。

夜の九時過ぎに、被害者入江孝男の妻、由紀子《ゆきこ》が、到着した。

年齢は、三十二、三歳。背が高く、美人なのだが、彼女に会った県警捜査一課の三《み》浦《うら》警部は、

（温かみの感じられない女だな）

と、思った。

夫の遺体を見せられても、涙一滴流すことはなかったし、夫が、この山中温泉に来ていることも、知らなかったと、いった。

「主人は、勝手に、旅行に出ますし、何処《どこ》へ行くのかと聞くと、怒る人ですから」

と、由紀子は、いった。

「ご主人は、何をしておられるんですか？」

「会社の役員をやっております」

「会社というのは？」

「私の叔父《おじ》がやっているS製薬株式会社ですけれど――」

「大企業ですね」

「ありがとうございます」

「そこの役員が、奥さんにも知らせずに、一人で、この温泉に来ていたというのは、どういうことなんですか？」

と、三浦は、きいた。

「もともと、主人は、サラリーマン生活には向かない人で、役員は、肩書きだけで、叔父も、もう、見放していたんです。主人は、それをいいことに、好き勝手なことをしていて――」

「ご主人が、ここに、何をしに来たかも、ご存知なかった？」

「ええ」

「ご主人を憎んでいた人の心当たりは、どうですか？」

「それも、知りませんわ。仕事関係で、立派な方が何人もいらっしゃるのに、主人は、そういう人は苦手だといって、自分の好きな人としかつき合っていませんでしたから」

「どういう人たちですか？」

「銀座のクラブのホステスとか、バクチの相手とか、つまらない人たちですわ」

由紀子は、眉《まゆ》を寄せて見せた。

「その人たちのことは、よく、ご存知ですか？」

「いいえ。私は、そんな人たちとは、つき合いたくありませんでしたから」

「どうもわかりませんね」

「何がですの？」

「ご主人のことには、全く関心がないように、聞こえたんですが、その辺のところが、よくわからないのですよ」

と、三浦がいうと、由紀子は、小さく笑って、

「そうでしょうね。世間体だけの夫婦みたいなものでしたからね。ですから、私は、主人が、どんな人たちとつき合っていたか、この山中温泉に、何しに来たのか、全く、知りません。冷たいと思われるかも知れませんけど」

「しかし、S製薬の役員として、勤務はしておられたんでしょう？」

「ええ。肩書きは、役員ですから。でも、名前だけで、会社に出たり出なかったりで、叔父も、諦《あきら》めていたと思いますわ」

「ご主人は、どういう人なんですか？」

と、三浦は、きいてみた。

「性格は、穏やかで、悪い人じゃありませんわ。でも、怠け者で、バクチ好きで、そ

れに、女好きで、生活破綻者《はたんしゃ》みたいなものですわ」

と、由紀子は、いう。

「しかし、優雅な生活をしていたみたいですね。肩書きだけにしろ、S製薬の役員だし、背広やコートは、いずれもダンヒル。ボストンバッグの中には、百万円の束が三つ入っていました。この山中温泉には、一週間、逗留《とうりゅう》する予定になっていました。しかも、このホテルでは、スイートルームを、とっていました」

「そうでしょうね。何の役にも立たない人間でも、役員ですから、会社は、それ相応の給料は、出していましたから」

と、由紀子は、いった。

「羨《うらや》ましいといえば、羨ましい方ですね」

と、三浦は、いった。

三浦は、聞き込みに全力をあげると同時に、殺された入江孝男について、警視庁に、協力要請した。

翌日、司法解剖の結果が出た。

被害者入江孝男は、背中を二カ所刺されていた。出血死である。

死亡推定時刻は、十一月二十五日の午後九時から十時の間。

その間に、誰かが、五〇一号室に入り、背後から、刺して、逃げたということになる。凶器は、見つからないから、犯人が持ち去ったのかも知れない。

ボストンバッグの三百万円は、そのままだから、顔見知りの犯行で、動機は、怨恨《えんこん》の線が、強くなってきた。

聞き込みの過程で、ホテルのフロント係が、二十五日の午後十時頃、黒いコート姿の若い女が、出て行くのを見ていることが、わかった。

「身長は、百六十五、六センチで、コートの襟を立てて、出て行かれたので、顔は、よく見えませんでした。それに、丁度、その時、外に飲みに行かれたグループの方が、戻って来られたので——」

と、フロント係は、いった。

「その女性は、泊まり客の一人ですか？」

と、三浦は、きいた。

「いや、そうじゃないと思います。それで、お泊まりになっている方のところへ、会いに来た方だと思うのですが」

と、フロント係は、いった。

彼女は、肩から、黒のバッグを下げていたのだが、その後、彼女は戻って来なかったとも、いう。

彼女が、入江孝男に会いに来たのかどうか、断定は出来ない。ひょっとすると、犯人かも知れないが、証拠は、今のところ、何もなかった。

しかし、三浦は、容疑者の一人と見て、フロント係の証言を頼りに、似顔絵を作った。と、いっても、横顔だけのもので、正面からの顔は、作れなかった。

むしろ、全身像に特徴があるので、そのコピーも作り、三浦は、刑事に持たせて、山中温泉全域や、JR加賀温泉駅などで、聞き込みに当たらせた。

3

石川県警から、協力要請を受けた警視庁では、捜査一課の十津川と、亀井たちが、入江孝男について、調べることになった。

「県警の話では、この入江孝男は、S製薬の役員なのに、仕事はほとんどせず、給料だけ貰《もら》って、遊び暮らしていたらしい」

と、十津川は、いった。

「羨ましいですね」

と、亀井は、苦笑した。

「私だって、羨ましいよ。社長の姪《めい》と結婚した男なんだ。本当に、そんな羨ましい生活を送っていたのかどうか、調べて欲しい。もし、本当なら、殺人の動機に、仕事は、関係なくなるからね」

と、十津川は、いった。

「警部は、どう思われてるんですか？」

と、亀井が、きいた。

「何ともいえないが、この不景気で、リストラがいわれているときに、いくら、親戚《しんせき》の人間でも、働かないのに、給料を払って、遊ばせておくだろうかという気はするがね」

と、十津川は、いった。

「そうですね」

と、亀井も、肯く。

それを確かめに、亀井は、若い西本刑事を連れて、出かけて行った。

二人は、入江が役員をしていたS製薬に行き、夜になると、彼がよく行っていた銀座のクラブに廻《まわ》った。

帰って来たのは夜半近かった。

亀井も、西本も、さすがに、疲れた顔をしている。

「S製薬での話ですが、確かに、入江は、役員ですが、企画室という閑職についています。企画室といっても、所属しているのは、入江一人です。それに、毎日出勤しているわけではなく、来たい時に来るだけだったといっています。彼が、亡くなったとたん、その企画室も、なくなってしまいました」

と、亀井は、いう。

「話は、本当だったのか？」

「そうみたいですね」

「ずいぶん、鷹揚《おうよう》な会社だな」

「薬九層倍《くそうばい》といいますから、会社は、十分に、儲《もう》けているんじゃありませんかね」

「しかし、役員の間に、よく、不満が出ないね」

「出てると思いますが、何しろ、S製薬というのは、同族会社ですから、社長一族につながる人間のことについて、批判めいたことは、口にできないんじゃありませんかね」

「それで、銀座のクラブの方は、どうだった？」

「銀座のNというクラブが、入江の行きつけの店で、そこのママの話では、週に二、三回は、来ていたそうです。たいていは、ひとりで、時には、友だちを連れてくるんですが、それは、会社の同僚というのではなく、得体《えたい》の知れない男だといっていました」

と、西本が、いう。

「得体の知れない友人というのは？」

「売れない画家だとか、競馬場で知り合った男だとかだそうです」

「支払いは、ちゃんとしていたのか？」

「店の方は、S製薬に請求して、きちんと、支払って貰っていたと、いっています」

「一カ月に、どのくらい、入江は、使っていたんだ？」

「だいたい、月に、百万から二百万だったそうです」

「確かに、鷹揚な会社だねえ」

と、十津川は、いった。

「だから、S製薬は、入江が亡くなって、ほっとしていると、思いますよ」

と、亀井が、いった。

「それで、入江を憎んでいた人間は、見つかったのか？」

と、十津川は、二人に、きいた。

「会社では、閑職で、ライバルにならない存在ですから、憎まれたり、恨まれたりはしていなかったと思いますね。問題は、私生活の方です。バクチにのめり込んだり、女あそびは、激しかったようですから、恨まれていたとすれば、そっちの方だと思います」

と、亀井は、いった。

「クラブNのママや、ホステスとの関係は、どうだったんだ？」

「かずえというホステスと、親しかったそうです。会って来ましたが、二十五、六で、なかなか魅力的な女でした。彼女の話では、肉体関係があったことは認めていますが、彼女は、他にも男がいて、入江さんは、いいお客さんだったけど、それ以上ではなかったと、いっています」

「彼女のアリバイは？」

「十一月二十五日の夜は、店に出ていて、看板までいたことは、ママや、マネージャーが、証言しています」

「アリバイありか」

「そうです」

「入江の奥さんは、どうなんですか？」

亀井が、逆に、十津川に、きいた。

「石川県警の話では、奥さんには、ちゃんとしたアリバイがあるそうだ。ただ、奥さんは、全く冷たい感じで、夫の死を悲しんでいる様子は、なかったそうだ」

「自分勝手で、酒と、女と、バクチでは、奥さんの気持ちが冷《ひ》えてしまうのは、当然だと、思いますがね」

と、亀井は、いう。

「やはり女かな」

と、十津川が、呟《つぶや》いた。

「犯人ですか？」

「ああ。金があって、家庭は冷えきっているとなれば、たいていの男が、他に女を作るさ。四十代だから、そんな女がいても、おかしくはない」

と、十津川は、いった。

「その女との間が、こじれてですか？」

「ああ。三角関係になっていたのかも知れない。例《たと》えば、入江は、新しい女と、山中温泉へ行くことになっていたとする。彼が先に行き、女が来るのを待っていた。それを知って、前の女が、嫉妬《しっと》に狂い、山中温泉まで、追いかけて行って、刺し殺した。そんなとこなんじゃないかね」

「嫉妬に狂った女――ですか」

「県警でも、一人、若い女を、マークしているといっていた」

「重要参考人ですか?」

「いや、今のところ、ひょっとして、犯人ではないかということで、マークしている段階だが、名前もわからないし、その女が犯人だという証拠は全くないといっていた」

と、十津川は、いった。

「やっぱり、女性関係ですかね」

「仕事上の敵はいなかったとなると、女性関係ということになってくるのは、仕方がないんじゃないかな」

と、十津川は、いった。

4

タクシー運転手の森下は、ＪＲ加賀温泉駅で、客待ちしている時、県警の刑事に、二枚の似顔絵を見せられた。

横顔と、全身像の二枚である。

「十一月二十五日の夜、十時頃、山中温泉のＫホテルのあたりから、この女を、乗せなかったかね？」

と、刑事は、きいた。

「夜ですか？」

「そうだ。多分、遠くまで行くように、いった筈《はず》なんだがね」

「そんな時間には、山中温泉には、行ってませんよ」

と、森下は、いった。

「そうか」

「この女、何をしたんですか？」

「山中温泉で起きた殺人《ころし》事件で、この女から、話を聞きたいんだよ」

と、刑事は、いった。

「あの事件の犯人ですか」

「まだ、参考人だよ」

と、刑事は、いって、他の運転手の方へ、歩いて行った。

（あの女だ）

と、森下は、思っていた。

刑事に、見たといわなかったのは、夜の十時頃ということだったからである。

それに、森下の頭の中で、彼女が、殺人という、殺伐な行為と、どうにも、不似合いに思えたからだった。

一昨日《おととい》、彼女を乗せたのは、午後三時すぎだった。

彼女は、山中温泉に行くといいながら、わざわざ、海岸に、車を廻させ、車から降り、吹きさらしの海辺に、しばらく佇《たたず》んで、暗い海を見つめていた。

あの時、彼女は、いったい、何を考えていたんだろうかと、森下は、思う。寒さに、ふるえながらである。

もし、彼女が、山中温泉で、男を殺したのだとしたら、きっと、あの時、殺すべきかどうか、迷ったに違いない。

森下は、急に、車のエンジンをかけた。

なぜか、一昨日、あの女を乗せて行った海岸へ行ってみたくなったのだ。

客を乗せずに、森下は、車を走らせた。

あの日と同じように、冬特有の曇り空で、風は冷たく、今にも、雪が降って来そうな感じだった。

同じルートで、海岸に出た。

午後三時二十分。だいたい、時刻も、同じである。

時々、車が、通り過ぎて行くが、その他には、人の気配もない。

森下は、運転席で、煙草《タバコ》をくわえ、しばらく海を見ていた。

彼は、妙に、感傷的な気分になっている。あの女のせいだと思う。

(かげのある女というのは、ああいう女のことだろう)

と、思う。

森下は、ドアを開け、車の外に出た。

くわえていた煙草が、すぐ、強い風で、飛んでしまった。

あの女が、佇んでいた場所へ、歩いて行った。

その向こうには、小さな砂浜があり、海からの浸蝕《しんしょく》を防ごうと、テトラポッドが、投げ込まれている。

暗い海。波が、テトラポッドで、砕けている。

森下は、ぼんやりと、そんな海を見ていたが、身体が冷えきって、白い息を吐きながら、車に戻りかけた時、急に、眼が、動かなくなった。

道路から、砂浜に降りる階段を探し、見つけて、駈けおりた。

テトラポッドに向かって、砂浜を走った。

そこに、人間の身体らしきものが、見えかくれしていたのである。

一番端のテトラポッドの傍《そば》まで来て、そのテトラポッドに、引っかかる感じで、波にゆれている死体と、わかった。

黒いコートの若い女だった。

(あの女だ!)

と、森下は、直感した。

寒さを忘れて、森下は、海水に浸《つか》りながら、女の身体を、砂浜に引き揚げ、仰向《あおむ》けにした。

やはり、あの女だった。

眼は閉じたまま、死んでいる。

コートが、脱げかかっている。森下はそれを、直してやった。

顔には、傷がない。

（よく、眠るようにというが、これが、それだな）

と、森下は、思った。

警察に知らせなくてはいけないという気は起きず、しばらく、その場に立ちつくして、死んだ女の顔を見ていた。

車に戻り、無線を使い、営業所を通して、警察に知らせたのは、十二、三分してからだった。

5

県警の三浦警部たちは、パトカーで、現場に、駈けつけた。

粉雪が、舞い始めていた。

黒いコートの若い女。似顔絵の女だと、三浦は、思った。

波にさらわれたのだろう。靴は、両方とも、失くなっている。

外傷がないところをみると、溺死《できし》だろうと、思った。

「ハンドバッグがある筈だ。探してくれ」

と、三浦は、部下の刑事たちに、指示した。

早く探さないと、夕闇《ゆうやみ》が、来てしまうだろう。

刑事たちは、必死になって、テトラポッドの間を探しまくった。

暗くなる寸前、刑事の一人が、海水に浸っているバッグを、見つけ出した。

三浦が、そのバッグを、開けると、海水が、こぼれ落ちた。

中から、最初に出てきたのは、ハンカチにくるんだ折りたたみ式のナイフだった。

「すぐ、これを、調べて欲しい」

と、三浦は、鑑識に渡した。

ハンドバッグの中からは、その他に、財布、運転免許証などが、出て来た。

三浦は、死体を、司法解剖に廻すように、指示してから、パトカーに戻り、車の明かりの下で、運転免許証を、見た。

増田《ますだ》あけみ　東京都世田谷区《せたがや》松原《まつばら》
コーポM　三〇二号

免許証にあった名前と、住所である。

年齢は、二十六歳。


三浦は、捜査本部に戻ると、司法解剖と、ナイフの鑑識の結果を、じっと、待った。

結果いかんで、今度の殺人事件が、解決するかも知れなかったからである。

ナイフの方が、先に結果が出た。

ナイフの刃から、少量だが、血痕《けっこん》が検出され、その血液型は、ＡＢ型という報告だった。

三浦の顔が、ほころんだ。

山中温泉のＫホテルで殺された入江孝男の血液型も、ＡＢだったからだ。

死体の司法解剖の方は、翌朝になって、結果が出た。

死因は、窒息。肺の中に、海水が、かなりの量入っていたところからみて、溺死である。

外傷は、ほとんどない。

両手に、小さな擦過傷があるのは、多分、コンクリートのテトラポッドで、ついたものだろう。

死亡推定時刻は、十一月二十六日の午前二時から三時。

三浦が、多少、引っかかったのは、死亡推定時刻だった。

その他には、満足した。

Kホテルの殺人の犯人は、この女に間違いない。

ホテルで、入江孝男を刺殺したあと、女は、冷たい海に入って、自殺した。そう考えて、まず、間違いないだろう。

多分、増田あけみと、入江孝男は、愛し合い、憎み合っていたのだろう。

だから、彼女は、山中温泉まで男を追って来て、刺殺した。そのあと、むなしくなって、入水《じゅすい》自殺した。

捜査本部長も、三浦の考えに、賛成した。

「二人の関係は、調べる必要はあるが、君のいう通り、女が、男を殺して、自殺したとみていいだろう」

と、本部長は、いった。

「ただ、一つだけ、引っかかることがあります」

と、三浦は、思い出して、いった。

「何だ？」

「増田あけみですが、十一月二十五日の午後十時頃、Kホテルから出て行くのを、フロント係が、見ています」

「ホテル内で、入江孝男を殺して、逃げ出すところを見られたんだ。時間的に、合っているじゃないか」

と、本部長は、いった。

「問題は、そのあとです。彼女は、十一月二十六日の午前二時から三時の間に、溺死しているんです。二時に死んだとして、Kホテルを出てから、四時間たっています」

と、三浦は、いった。

「そうか。その間、女が、どこで、何をしていたかわからないということかね？」

と、本部長が、きく。

「そうです。山中温泉のKホテルから、あの海岸まで、歩いて行ったとは、思えません。従って、タクシーに乗ったか。誰かの車に乗せて貰ったかしたと思います。車なら、せいぜい四十分で、着きます。三時間余り、時間がある。その間、女は何をしていたのかが、わからないのです」

と、三浦は、いった。

「三浦君。人間は、そう簡単には、死ねないものだよ。自殺しようと、海岸に来たものの、なかなか、死ねなくて、さまよっていたのかも知れん。或いは、最初は、死ぬ気がなくて、夜おそくまでやっているスナックにでも入って、何か食べたのかも知れない。そのあと、急に、自殺の衝動にかられて、海岸へ行き、海に入っていった。そういうことだって、考えられるじゃないか」

「そうですね」

「とにかく、司法解剖の結果は、溺死だし、彼女が、Kホテルで、男を殺したことは間違いないんだ。事件は、解決したことになる。犯人が、自殺してしまったのは、残念だがね」

と、本部長は、いった。

6

十津川は、石川県警の三浦から、電話を受けた。

話を聞きながら、メモ用紙に、書きつける。

「増田あけみ。二十六歳。住所は――」

電話が終わると、十津川は、刑事たちを、集めた。

「この女は、山中温泉で、入江孝男を殺し、そのあと、北陸の海で、自殺した」

「事件解決ですか」

と、亀井が、拍子抜けの顔になった。

「あと、その女と、殺された入江の関係がわかれば、それで、解決する」

「わかりました。彼女のマンションに行って来ます。入江の写真か、手紙が見つかれば、それで、万事オーケイでしょう」

と、亀井が、いった。

亀井は、西本を連れて、世田谷区松原の、増田あけみのマンションに出かけて行った。

三時間ほどして、亀井が、電話をかけてきた。

「どうもわかりませんね。１ＬＤＫの部屋なんですが、いくら探しても、入江の写真も、手紙も、見つかりません。管理人なんかにも聞いてみたんですが、入江らしき男を、このマンションで見かけたことはないというのです」

「犯人が、持ち去ったということは、考えられないのか？」

と、十津川が、いうと、亀井は、

「警部。増田あけみは、自殺ですよ」

「そうだったね。それなら、最初から、手紙も写真も無かったということになるのか」

「そうですね」

「他に、何か見つかったか？」

と、十津川は、きいた。

「二年前の事件を報じた新聞の切り抜きや、週刊誌の切り抜きが、束になって、三面鏡の引出しに入っていました」

「二年前のどんな事件だ？」

「S製薬が、新薬開発で、厚生省の役人に、ワイロを贈り、摘発された事件です」

「腎臓病の新薬だろう？」

「そうです」

「思い出した。あれは、S製薬だったんだ」

「とにかく、増田あけみと、入江の間に、男と女の関係があったという証拠が見つかりませんので、この切り抜きを持って、帰ります」

と、亀井は、いった。

亀井が、西本と、持ち帰った切り抜きの量は、かなりのものだった。

全ての新聞、全ての週刊誌から、切り抜かれていた。

これを、なぜ、増田あけみが、大事に保存していたのだろうか？

十津川が、その記事の内容に眼を通そうとすると、亀井が、

「びっくりすることが、書いてありますよ」

と、いった。

「びっくりする？」

「そうです」

「しかし、こういった事件は、型にはまっているだろう」

と、十津川は、いった。

製薬会社は、新薬の開発に、しのぎを削っている。特に、制ガン剤と、エイズの特効薬を開発出来れば、その製薬会社が、急成長することは、間違いない。

ガン、エイズの研究が進んでいるという噂《うわさ》だけで、その製薬会社の株が、はねあがるのだ。

だから、新薬の研究に、突き進む。

完成すれば、次は、厚生省の認可が、必要になる。厚生省の認可がおりなければ、市販できないからである。

そこで、自然に、厚生省の担当官へのワイロ攻勢ということになってしまう。それなら、どんな事件でも、同じなのだ。

十津川は、新聞の切り抜きの一枚に、眼を通した。

読んでいく中《うち》に、「あッ」という眼になった。亀井が、びっくりしますよといった意味が、わかったのだ。

〈——S製薬のこの新薬の担当責任者入江孝男（四一歳）が、逮捕された。入江はS製薬の役員で責任者として新薬の開発を進め——〉

更に、入江孝男の紹介も、のっていた。

〈入江孝男は、去年の四月、S製薬の社長、斉藤健太郎《さいとうけんたろう》氏の姪、斉藤由紀子さんと結婚。同族会社のため、斉藤社長の抜擢《ばってき》を受け、四十一歳で、新薬開発部門の責任者となった〉

と、書かれている。

この事件で、入江は、懲役一年、執行猶予三年の判決を受けた。その判決をのせた新聞の切り抜きも見つかった。

「確かに、びっくりしたよ」

と、十津川は、いった。

「増田あけみと、入江の男女の関係は、わかりませんでしたが、二年前の事件では、つながっていたわけです」

と、亀井は、いう。

「そのこともあるが、入江は、S製薬で、以前は、大事な仕事をやっていたんだということに、驚いたよ。最近は、閑職で、仕事も碌《ろく》にしてなかったみたいだがね」

と、十津川は、いった。

「それなんですが、二年前の事件で、入江が、責任者として、逮捕され、執行猶予ながら、懲役一年の判決を受けた。仕事もせずに、給料を払っていたのは、それへの報酬だったんじゃありませんかね」

と、亀井が、いった。

「社長の姪の夫ということではなくか？」

「それも、あったとは思いますが、大きな理由は、事件の報酬だったと思います」

「かも知れないな」

と、十津川は、肯いた。が、すぐ、言葉を続けて、

「増田あけみは、なぜ、この事件の新聞や、週刊誌の記事を、とっておいたんだろう？　事件そのものに、興味があったからだろうか？　それとも、懲役一年の判決を

受けた入江に、関心があったんだろうか？」

「そこが問題ですね。もう一度、調べてみます」

と、亀井は、いった。

十津川は、亀井、西本の他に、三田村と、北条早苗の二人にも、一緒に、調査するように、指示した。

その結果、増田あけみのことも、少しずつわかってきた。

あけみは、東京の下町、浅草千束町《あさくさせんぞく》で生まれている。

地元の、小、中、高校を卒業後、秘書養成の専門学校に入り、卒業。

OL生活のあと、K工業の部長秘書となる。

この時の部長は、三十八歳の大島《おおしま》という若い部長で、彼は、若手のエリート集団「二十一世紀の会」に属していた。

その会員の中に、当時、財界誌の若いデスクだった入江孝男が、特別会員の方で入っていて、会の主催するパーティにも、出席している。

「そこで、入江と、大島に同行して来た増田あけみが、会っている可能性はあります」

と、亀井は、十津川に、いった。

「入江は、財界誌の記者をやっていたのか」

「そうです。この雑誌に、『有力企業のお嬢さんたち』という連載記事があって、S製薬の社長の姪の由紀子も、取りあげられ、入江が、インタビューしています」

「なるほどね。二人が知り合ったきっかけは、それか」

と、十津川は、肯いた。

「その後、二人が、どう、つき合ったかわかりません。いくら調べても、出て来ないのです。秘密に、デイトをしていたのか、それとも、電話だけで連絡していたのかでしょうが。そして、三年前、突然、二人は、結婚しています」

西本が、手帳を見ながら、いった。

「そして、入江は、新薬開発の責任者に抜擢されたというわけか」

「そうです」

「しかし、入江は、大学で、化学や薬学の勉強をしたわけじゃないんだろう？」

「K大の英文です」

「じゃあ、専門が全く違う。それなのに、S製薬では、なぜ、新薬開発の責任者にしたのかね？」

と、十津川は、きいた。

「それなんですが、どうも、この頃から、S製薬では、例の新薬の開発について、警察が動き出しているという情報を得ていたんじゃないかと思うのです。それまで、新薬開発の責任者は、別の人物がなっていたんですが、突然、姪の由紀子と結婚したばかりの入江に、交代しています」

「入江は、人身御供《ひとみごくう》か――？」

「調べている中《うち》に、そんな気がして来ています」

と、亀井は、いった。

「それに、前から知り合いだった増田あけみが同情したということなのかね？」

「彼女は、この切り抜きを、ずっと持っていたということから見て、入江に関心があったというか、愛し続けていたということだと思います」

「少しずつ、何か、わかりかけてきたような気がするな」

と、十津川は、いった。

7

更に、捜査が、進められた。

　十津川の予想した通り、財界誌の記者をやっていた独身時代の入江は、K工業にも取材に行き、その時に、部長秘書だった、増田あけみにも、何回か、会っていることが、わかった。

「当時、入江と、あけみが、一緒に歩いているところや、食事をしているところを、彼女の同僚が、目撃していることが、わかりました」

　と、早苗が、報告した。

「すると、入江は、S製薬に入る前、あけみと、つき合っていたわけだな?」

　十津川が、確認するように、きいた。

「そう思いますわ。似合いのカップルに見えたという人もいますから」

「入江と、由紀子との関係は、どうなんだ?　結婚する前の二人の関係が、よくわからないということだったが」

「いぜんとして、わかりませんが、S製薬が、私立探偵を使って、入江のことを調べていたことはわかりました」

　と、西本が、手帳を見ながら、報告する。

「私立探偵をね」

「神田に、事務所のあるR探偵社です」

「入江の何を調べていたんだ?」

「経歴、前科、女性関係などだったと、いうことです」

「それは、社長の姪の由紀子に、夫として、ふさわしい男かどうか調べていたということなのか？」

「そう思うんですが、少し、おかしいところもあるんです」

「どこが、おかしいんだ？」

「入江の調査を担当した探偵に会って、当時のことを聞いたんです。調査していると、入江につき合っている女がいることが、わかったというわけです」

「それが、あけみか？」

「そうです。それで、S製薬は、駄目だと判断するだろうと思ったというのです。ところが、その後、入江と、S製薬の社長の姪との結婚を知って、その調査員は、びっくりしたと、いっています」

「S製薬は、入江の女関係を、問題にしなかったのか？」

「そうですね」

「しかし、それなら、なぜ、入江のことを、探偵社に調べさせたんだ？　おかしいじゃないか」

「私も、そう思って、更に、担当した私立探偵に、聞いたんです。S製薬側が、一番、調べて欲しかったのは、どの点かと、聞いてみました」

「それで？」

「入江の性格と、財産状況です」

「それを、どう報告したんだ？」

「それで、担当の調査報告書の控えを借りて来ました。普通、職業倫理で、誰にも見せないわけですが、今回は、殺人事件が絡んでいるので、特別に、貸して貰いました」

と、西本はいい、それを、十津川に渡した。

十津川は、ワープロで打たれた「入江孝男に関する調査報告書」の控えに、眼を通した。

8

西本のいう通り、入江が、当時つき合っていた女として、増田あけみの名前を出して、書いてある。二人の仲が、かなりの深さになっていることもである。

そして、入江の性格、財産状況については、次のように、書かれてあった。

〈入江孝男の父親寿一郎《じゅいちろう》は、平凡なサラリーマンで、これといった資産はない。入江の兄も、サラリーマンで、すでに、結婚している。

入江自身は、現在、財界誌のデスクとして、四十万の月給を貰っているが、預金は、ほとんどなく、逆に、銀行に、約三百万の借金があり、返済中である。

入江は、傲慢《ごうまん》さと、優しさの入り混った性格で、それは、あるときは、強さとなり、ある時は、弱さになっている。わかり易《やす》くいえば、自分より強いものには弱く、自分より下の者には、強いということである。上昇意識が強く、現在の生活には、不満で、友人には、よく、偉くなりたい、金持ちになりたいと、いっている。

身長百八十センチ、体重八十キロと、押し出しはよく、友人に、黙っていれば、青年重役だなと、からかわれているが、入江は、いつか、本物の重役になってみせると、反撥《はんぱつ》している〉

（この性格と、生活状態を、S製薬が、利用したのか？）

と、十津川は、思いながら、西本に、

「S製薬のお偉方にも会って、話を聞いたといったが、誰に会ったんだ？」

「社長の斉藤健太郎に会えなかったので、息子で、副社長の斉藤義司《よしかず》に会って来ました。三十九歳で、次の社長を約束されている男ですが、面白いのは、入江が、責任者になる前、新薬開発の責任者の椅子にいたのが、この義司なのです」

　と、西本は、いった。

「二年前に、事件が起きたんだったね？」

「そうです。その前から、この新薬については、副作用の危険がいわれたり、動物実験がおかしいのではないかという噂が流れていたんです。それに眼をつぶって、S製薬は、一刻も早く、実用化したいと考え、それで、厚生省の担当者に、ワイロを贈り、そのことで、警察が動き出していたわけです」

「事件になれば、開発担当の息子に、傷がつくと考え、急遽《きゅうきょ》、入江と、姪を結婚させ、会社の幹部に抜擢し、新薬開発の責任者に、まつりあげたか？」

「そうですね」

　と、西本がいい、

「三年前に、由紀子と、入江が結婚し、すぐに、新薬開発部門の部長にしています。そして、一年後に、事件になり、入江は、責任者として、逮捕されています」

「息子の斉藤義司は？」

「その頃、エイズの研究と称して、アメリカに留学していて、無傷で、帰国し、今、副社長です」

と、西本は、いった。

「事件のあと、入江と、由紀子の間は、どうなったんだ？」

「夫婦関係は、冷え切っていたようです。もともと、この夫婦仲がよかったかどうか、わかりませんね。一種の政略結婚だったと思いますから」

と、西本は、いう。

「その点を、義司は、どういってるんだ？」

「入江のことを、やたらに、賞《ほ》めちぎっていますよ」

「賞めちぎってる？」

「ええ。入江は、仕事熱心で、統率力もあり、新薬開発には、適任だと思ったので、喜んで、代わって貰ったと、いいましたよ。今でも、入江は、よくやったと思っている。ただ、熱心のあまり、少しやり過ぎたことが、あの事件を引き起こしたのだとも、いっていますね」

「よくいうというやつだな？」

「その通りです」

と、日下が、応じた。

「君も、斉藤義司に会ったのか？」

「西本刑事と、一緒に話をしました」

「君たちに聞きたいんだが、入江に、責任を押しつけて、そのあと、彼を閑職に追いやったわけだろう。しかし、もう、入江は必要なかった筈だ。どうしようと、思っていたのかね？　S製薬として」

と、十津川は、西本と、日下の二人に、きいた。

「確かに、もう、必要のない存在だったと思います」

と、西本は、いい、日下は、

「会社としては、放り出したかったと思います」

「だが、社長の姪の夫だから、簡単には、放り出せない。入江の方だって、バカじゃないから、自分が利用されたのはわかっている。それなのに、由紀子と別れず、会社も飛び出さなかったのは、なぜなんだろう？」

と、十津川は、きいた。

「金じゃなかったんですかね？」

西本が、いう。

「金?」

「そうです。普通の男なら、まるで、飼い殺しみたいな生活に我慢できるわけがありません。それに、由紀子との夫婦生活だって、無いようなものでしょう。それでも、我慢していた。それは、金だと思います。金を、取れるだけ取ってやろうという気があったからじゃありませんかね」

「相手は、大企業だ。とてつもない金額を、要求していたんじゃないかな」

と、亀井が、いった。

「もし、そうだとしたら、S製薬としては、入江を利用はしたが、そのあとは、持て余していたことになるね」

と、十津川は、いった。

「入江が殺されて、犯人の増田あけみが、自殺してくれたのは、S製薬にとって、これ以上、有り難いことは、なかったことになりますね」

亀井が、急に難しい顔になった。

十津川は、それを見て、

「カメさん、妙なことは、考えなさんなよ」

「妙なことですか？」

「そうだ。うまくいきすぎてると、いいたいんだろう？」

「そうです」

「ひょっとすると、と考えているんじゃないのか？」

十津川は、苦笑しながら、いった。

「警部だって、今、考えられたんじゃありませんか」

「しかし、石川県警は、入水自殺したあけみを犯人と見ている。彼女のバッグの中から、凶器も見つかったしね。われわれの調べで、あけみと、入江孝男とは、関係があったこともわかった。動機も見つかったことになる。当然、県警は、これで、無理心中で決まりだと考えるさ。われわれが、ひょっとしてなどと、口を挟んだら、向こうが、当惑するばかりだ。もともと、石川県警の事件だからね」

「それは、そうですが」

「とにかく、こちらの調べでわかったことは、全て、石川県警に、報告しよう。それを、どう考えるかは、向こうの仕事だ」

と、十津川は、いった。

十津川は、西本たちに、調べたことを、文書にまとめ、石川県警に、ＦＡＸで、送らせた。

その間に、十津川は、亀井と、警視庁内にある喫茶店に、足を運んだ。

十津川は、黙っていたが、亀井は、コーヒーをゆっくり、かきまぜながら、

「警部も、やはり、気になるんでしょう」

と、いった。

「わかるか」

「警部の顔色を見ていれば、わかりますよ」

と、亀井は、笑った。

十津川は、苦笑して、

「と、いって、石川県警に、捜査について口を挟むわけにはいかないからね。いらいらしてしまうんだ」

「警部が、引っかかる点を話して下さい。私が、聞き役になりますよ」

と、亀井が、いった。

「実は、カメさんに聞いて貰いたくて、お茶に誘ったんだ」

十津川は、正直に、いった。

「わかっています」

「第一の問題は、増田あけみが、なぜ、山中温泉に行ったかということなんだ。入江が、呼んだのか、それとも、勝手に、出かけたのか」

「他にも、疑問は、ありそうですね」

「凶器のナイフが、なぜ、あけみのハンドバッグに入っていたのかも、わからない。あんなものは、すぐ、捨ててしまうものだろう。それを、後生大事に、バッグに入れておいたのが、理解に苦しむんだ。まるで、私が犯人ですといいたげな話じゃないか」

「私も、不思議です」

「新薬問題で、入江が、判決を受けたあと、入江と、あけみの間は、どうなっていたんだろう？　焼けぼっくいに火がついていたのかね？」

「あけみのマンションを調べた時、二年前の事件の新聞の切り抜きなんかは、ありましたが、入江の手紙や写真は、ありませんでした」

「そうなんだ。それを、どう解釈したらいいのか」

「別れた入江には、もう何の未練もなかったが、入江が逮捕された事件には、関心があったというのは、おかしいですか？」

と、亀井が、いう。

「それは無いと思うね。女性は、はっきりしていると思うんだ。入江に未練はないが、入江の関係した事件に、関心があったということは、あり得ないよ。入江に未練がなくなっていれば、彼の関係した事件にだって、関心はおきないさ」

と、十津川は、いった。

「すると、あけみは、入江に、未練があったことになりますね」

「そうだ。手紙や写真がないのは、一度切れた時、あけみは、自分の気持ちに、ピリオドを打とうとして、焼いたんだと思う。だが、ピリオドを、打ち切れなかったんだろう」

と、十津川は、いった。

「それで、入江に会いに、山中温泉に出かけたということになりますね。県警は、そして殺したんだと、考えますよ」

と、亀井が、いう。

「そこなんだ。あけみに、未練があれば、会いに行く。が、ナイフをハンドバッグに忍ばせて、会いには、いかないだろう。逆に、未練がなければ、会いにもいかない筈だ。会って、何かあって、かっとして、殺したとすれば、凶器は、ホテルにあったものだよ」

と、十津川は、いった。

9

「もし、あけみが、犯人でないとすると、どういうことになりますか？」

と、亀井が、きいた。

十津川は、飲みかけたコーヒーを、そのまま、テーブルに置いて、

「彼女が、犯人でなければ、誰が、犯人か、自然に、わかるじゃないか。入江が死ねばいいと思ってる人間だよ」

「S製薬の人間ですね」

「他には、いないさ」

と、十津川は、いった。

「その犯人ですが、山中温泉に、あけみが、会いに来ることを、予想していたと思いますか？」

と、亀井が、きいた。

「それはないだろう。予想して、来なければ、殺しの手順が、狂ってしまう。だから、

必ず来るという確信があったんだよ」

　と、十津川は、いった。

「私は、入江が、電話して、あけみを、呼んだような気がするんですが――」

　と、亀井は、いった。

「かも知れないな。ただ、その場合、真犯人は、そのことを、知っていたんだと思うね」

「どうやって、知り得たと思いますか？」

　と、亀井が、きいた。

「一番、考えられるのは、ホテルか、仲居が買収されて、知らせたということだろうね」

　と、十津川は、いった。

「それで、わかりますか？」

「入江は、殺される前日、山中温泉のホテルに、チェック・インしている。そこで、彼は、あけみに、電話をかけ、明日、ここへ来ないかと、いった。部屋から電話したのなら、その電話が、どこへかけたか、ホテルでわかる。金を貰っていたホテルは、それを、犯人に知らせる」

「あけみが、来る時間は、どうして、わかったんでしょう？」

「それは、仲居が、知らせたんだと思う。入江が、電話で、あけみを誘い、何時においでという。例えば、午後八時と、決まったとしよう。入江は、きっと、仲居に、明日、午後八時に、人が来るから、酒を出して欲しいとか、いう筈だよ。仲居が、知らせたとすれば、犯人は、知っていたとしても、不思議はない」

と、十津川は、いった。

「犯人は、由紀子ですか？」

「いや、Ｓ製薬みたいな大会社は、社長の姪に、そんな危険なことを、やらせるものか。入江だって、金で傭《やと》われたみたいなものだろう。とすれば、金で、人を傭って、その人間に、殺させるだろう」

と、十津川は、いった。

「もう一杯、コーヒーを、どうですか」

と、亀井が、いった。

二人が、部屋に戻ると、西本が、

「今、石川県警の三浦警部から、電話がありました。警部がいないというと、また、かけると、いうことです」

と、十津川は、いった。

「こちらの報告に対する礼だろう」

「そう思います」

と、西本が、いった。

十津川は、重い気分になった。石川県警は、多分、こちらからの報告で、増田あけみの無理心中説に、確信を持つだろう。そう思ったからである。

三十分ほどして、三浦から、電話が、入った。

十津川が、出ると、三浦は、弾《はず》んだ声で、

「ありがとうございました。おかげで、事件は解決ということになりそうです」

と、いった。

(やっぱりだ)

と、十津川は、思いながら、

「増田あけみが、入江孝男を殺して、北陸の海に、入水自殺したという結論ですか？一種の無理心中で」

「その通りです。きっと、あけみは、入江に振られたことを、ずっと、恨んでいたんでしょう。だから、最初から、殺す気で、ナイフを、バッグに忍ばせて、山中温泉にやって来たんでしょう。そして、三年間、胸におさめていた恨みを、ナイフに籠《こ》めて、刺して、殺した。しかし、そのあと、むなしくなって海へ行き、自殺したんだと思います」

と、三浦は、いった。

「バッグに、凶器のナイフを入れてですか？」

と、十津川は、きいた。

この事件は、石川県警の所管だから、なるべく、異議は、口にしまいと、決めていたのだが、いざとなると、どうしても、口を出してしまうのだ。

「そうです。つまり、彼女は、最初から、入江を殺す気で、山中温泉へ行ったということです。殺意を持って、行ったわけです」

「水死体で、見つかったときも、バッグに、その凶器が入っていたんでしたね？」

「そうです。ナイフから検出された血痕は、入江のものと同じＡＢ型です。これで、彼女が犯人と、決まりました。動機も、そちらの調査で、わかりましたから、本部長は、喜んでいますよ」

三浦は、相変わらず、声を弾ませている。

「ナイフに、あけみの指紋は、ついてなかったんですか？」

と、十津川は、きいた。

「指紋は、検出できません。しかし、まあ、手袋をはめた手で、刺したことも考えられますからね」

「なぜ、血のついたナイフを、ずっと、バッグに入れていたんですかね？」

と、十津川は、きいた。

「捨てる場所とチャンスがなくて、そのまま、バッグに入れたまま、海に入って自殺したんだと思いますね。それに、どうせ自殺する気だったから、凶器を捨てる必要もなかったと思います」

「しかし――」

「十津川さん」

「何ですか？」

「十津川さんは、増田あけみが、入江を殺して、入水自殺したという考えに、反対なんですか？」

三浦の声が、急に、抗議の口調になった。

「とんでもない。ただ、そちらの要請で、入江孝男や、増田あけみのことを調べましたのでね。すべて、はっきりさせたいだけです」

「他にも、何かあるわけですか？」

「なぜ、あけみは、ホテルの入江の部屋で、死ななかったんでしょう？　無理心中だったら、なぜわざわざ、離れた海岸まで行って、死んだんですかね？　愛と憎しみが、交錯して、殺したのなら、男の死体の傍《そば》で、死ぬのが、自然じゃありませんか？」

「それは、こう考えました。人間は、そう簡単に、死ねるものじゃありません。入江を殺したあと、迷いながら、北陸の海岸を、歩き廻ったんだと思います。そして、最後に、海に入って、自殺したんでしょう」

と、三浦は、いった。

「それでは、犯人は、増田あけみで、彼女も、自殺したという結論ですか？」

「その通りです。今日、捜査会議を開き、そこで事件の終了宣言が、出される筈です」

と、三浦は、いった。

10

「カメさん。私は、山中温泉へ行ってくるよ」

十津川は、かたい表情で、亀井に、いった。

「やはり、じっとして、いられませんか？」

「ああ。真犯人を、見逃すわけには、いかないからね。もちろん、休暇を貰って、行ってくる」

と、十津川は、いった。

「私も休暇を貰って、同行します」

と、亀井は、いった。

「いや、私ひとりでといいたいところだが、カメさんが一緒に来てくれれば、心強い」

と、十津川は、いった。

その日の中《うち》に、十津川と亀井は、北陸に向かった。

夕方、北陸本線の加賀温泉駅に着き、タクシーで、山中温泉のKホテルを、目指す。

マイナス四十度の寒気団が、北陸あたりまでおりて来ているということだったが、ここは、雪が降っていた。

風が強く、途中から、吹雪《ふぶき》状態になった。

山中温泉周辺は、白一色に染まっている。

二人は、Ｋホテルに、チェック・インした。夕食の時、テレビをつけると、ニュースが、

〈山中温泉の殺人事件解決〉

というテロップを、流した。

十津川と亀井は、顔を見合わせた。県警は、無理心中で、幕を下ろす気なのだ。

「解決して、よかったですよ」

と、夕食の世話をしてくれた、四十五、六の仲居が、二人に、いった。

「このホテルで、殺人があったんだねえ」

と、十津川は、仲居にいった。

「そうなんですよ。ここに、お泊まりになった男の方が、殺されたんです」

「あなたが、その人についたの？」

「ええ」

「それはよかった。ぜひ、詳しい話を聞きたいな」

と、十津川は、いった。

「マスコミの方ですか？」

「まあ、そんなところでね」

と、十津川は、笑顔を見せ、仲居の手に、一万円のチップを渡した。

その一万円が、彼女の舌を滑《なめ》らかにしたらしい。

「あのお客が、女の人を呼んだんですわ。自分が呼んだ女に、殺されるなんてねぇ」

「どうして、女を呼んだとわかったの？」

「あのお客さん、明日の夜九時に、人が来るから、夕食の時、余分に、ビールを、置いといてくれ、出来れば、ワインも欲しいって、おっしゃったんですよ。だから」

「そのこと、誰かに、話した？」

「そりゃあ、支配人に話しましたよ。私一人で、勝手にやるわけには、いきませんから」

と、仲居は、いった。

「支配人って、どんな人？」

と、十津川は、きいた。

「関口《せきぐち》さんです。四十二歳だったかな」

「意外に若いんだね」

「やり手だから」

と、仲居は、笑った。その言葉に、ちらっと、ダーティなイメージも入っているらしい。

「仲居さんは、犯人は、自殺した、女の人だと思ってるの？」

と、亀井が、きいた。

「ええ。その人、昔の恋人で、男の人に、裏切られたんでしょう？　男の人が、急に呼び出したって、ニコニコしながら、来ませんよ。怒って、殺してやろうと思って来たに決まってます。そういう点、男の方は、鈍感だから」

と、仲居は、いった。

この仲居から、犯人は、違うという話は、聞けそうもなかった。

翌日、十津川と亀井は、増田あけみの水死体を発見したという運転手に、会ってみることにした。

新聞に、名前がのっていたので、ホテルから、呼んで貰って、そのタクシーに、乗った。

「森下さんだね？」

と、十津川は、確かめるように、いってから、

「女性の死体が見つかった海岸へ行って貰いたいんだ」

「お客さん、警察の人ですか？」

「いや、雑誌の記者なんだ」

と、十津川は嘘《うそ》をついた。

「それで、あの事件を、調べているんですか？」

「そうなんだ」

「あの女の人が、殺したなんて、わたしは信じられませんね」

と、森下は車を、海岸に向かって走らせながら、バックミラーの十津川に向かって、いった。

「どうして、そう思うんだ？」

と、亀井が、きいた。

「実は、彼女を、あの日、乗せたんですよ」

と、森下は、いった。

「乗せたって、海岸まで？」

「いえ。駅から、山中温泉のKホテルまで、乗せたんですよ」

と、森下は、いった。

（それでは、あまり、参考にならないな）

と、十津川は、思いながら、

「その時、車の中での様子は、どうだったのかな？」

「最初、山中温泉へ行ってといったんですけどね。途中で、急に、海を見たいといいましてね。海岸へ出たら、寒いのに、車の外へ出て、じっと、海を見てましたよ。自分の気持ちと戦ってたみたいでね。その時、いい人だなと、思ったんですよ。変ない い方かも知れないけど、あの人は、いざとなれば、自分を殺しても、相手を、殺したりはしないなと、思いましたよ」

と、森下は、いった。

だが、それは、この運転手の主観だから、あけみが、入江を殺さなかったという証拠にはならない。

海岸に着いた。

今日も、空はどんよりと重く、海は、荒れている。

「向こうの、テトラポッドのところに、死体が、引っかかっていたんですよ」

と、森下が、指さした。

「どんな顔で、死んでいたか、覚えている？」

と、十津川は、きいた。

「ええ。とても、安らかな顔でしたよ」

と、森下は、いう。

（それなら、自殺だったのか？）

十津川は、自信が、少しばかり、ゆらぐのを感じながら、

「バッグは、近くで、発見されたんだったね？」

「ええ。警察は、近くで、見つけたといってましたね」

「なぜ、バッグは、沖へ流れていかなかったんだろう？」

「記者さんも、そう思いますか？」

「運転手さんも、変だと思った？」

「波は荒いし、靴は、両方とも、脱げて、流れて、見つかりませんでしたからね」

と、森下は、いう。

十津川と、亀井は、波打際まで、歩いて行った。なるほど、波が、荒々しく打ち寄せて来て、波打際のゴミを、引《ひ》き摺《ず》っていく。

「ねえ。記者さん」

と、森下は、二人の傍まで、やって来て、

「あの女の人、あの日は、早く着き過ぎて、大変だったんじゃないのかな」

「何のことです？」

と、十津川が、きいた。

「あの日、山中温泉へ着いたのは、五時頃だったんですよ。すぐ、Ｋホテルへ行くのかと思ったら、食事をしに店に寄るみたいでしたね」

「それ、本当ですか？　五時に、山中温泉に着いたというのは？」

「ええ。本当ですよ」

（九時に来ると約束したのに、増田あけみは、五時に、山中温泉に、来てしまっていたのか）

それが、どんな意味を持つのか、十津川にも、すぐには、わからなかった。

11

二人は、森下運転手に、礼をいって、ホテルに戻った。

「どうしますか？」

と、亀井が、きいた。

「タクシーの中で聞いたラジオでも、県警は、今日中に、捜査本部を解散するといっていた。事件は、解決したということでね」

「そうなれば、いよいよ、異議を、唱えられなくなりますね」

と、亀井は、表情を険《けわ》しくしている。

「県警に、嫌がられるの覚悟で、真犯人を見つけ出すか？」

「そのつもりで、来たんだと、覚悟していますよ」

と、亀井は、いった。

「わかった。やってみよう」

「まず、どうしますか？」

「このホテルの関口という支配人に、会う」

と、十津川は、いった。

二人は、自分たちの部屋に入ってから、支配人に、来て貰うことにした。

部屋のことで、苦情があるというと、背の高い、関口が、やって来た。

四十二歳より、若く見え、どこか、抜け目のなさそうな顔付きの関口は、

「どんなことでも、おっしゃって下さい」

と、二人を見て、いった。

十津川は、黙って、警察手帳を見せた。

関口の表情が、こわばる。

だが、まだ、こちらの意図に、気付かぬ様子で、

「何か、不都合なことがあったのでしたら、弁償させて、頂きますが」

と、いっている。

「殺人の共犯というのは、重い罪だよ。その覚悟は、出来ているんだろうね」

十津川は、わざと、頭ごなしに、決めつける恰好で、いった。

「何のことでしょうか？」

「ここで起きた殺人事件《ころし》のことだよ。犯人に手を貸したのは、わかってるんだ」

「何のことか――」

「とぼけるんじゃない！」

と、亀井が、怒鳴りつけた。

関口の顔が、青ざめた。

「殺された入江孝男の行動を、犯人に、連絡してることは、わかってるんだよ。いくら、金を貰ったんだ？　殺人の共犯になりたいのかね？」

と、十津川が、睨《にら》むように、関口を見た。

「犯人の女のことは、全く知りませんが――」

「彼女は、犯人じゃない！」

と、亀井が、また、怒鳴る。

「でも、新聞には――」

だんだん、関口の声が、小さくなっていく。

「われわれは、真犯人を探してるんだよ。誰に、入江孝男の行動を、知らせていたんだ？　正直にいわないと、殺人の共犯として、逮捕するよ。正直に話してくれれば、あんたが、犯人に欺《だま》されて、連絡していたということで、見逃してもいい」

と、十津川は、いった。

「――」

「S製薬の誰なんだ？」

と、十津川が、きいた。S製薬の名前が出て、関口は、観念したのか、

「この電話番号の、小野《おの》という人です」

と、メモを、差し出した。

東京の電話番号だった。

「S製薬だね」

「そこの副社長の秘書室です」

と、関口は、いう。

「秘書室の小野か。男か？　それとも、女？」

「男の人です。私は、ただ、いわれた通りに、電話しただけで、その結果については、何も知りません。本当です。殺人《ころし》のことなんて、何も――」

関口が、くどくど、いう。

「小野という男に、会ったのか？」

と、亀井が、きいた。

「一度だけ会いました」

「いつ？」

「事件の日です」

「どんな男だ？」

「三十歳くらいの背の高い方でした」

「あんたは、いくら貰ったんだ？」

「それだけは、勘弁して下さい」

「小野は、事件の日に、何時頃来たんだ？」

「午後三時頃に来られて、一泊されて、翌日、お帰りになりました。小野さんが、ここで何をしたのか、全く知りません。本当です」

「このあと、じっとしているんだ。小野に、連絡なんかしなさんな」

と、十津川は、釘を刺しておいて、亀井に、

「すぐ、東京へ戻ろう」

と、小声で、いった。

12

急遽、東京に帰ると、二人は、その足で、新宿にあるS製薬本社に向かった。

受付で、警察手帳を示し、副社長秘書室の小野に会いたい旨を告げた。

応接室に通され、しばらく、待たされてから、小野が、現われた。

背の高い、敏捷《びんしょう》な感じの男だった。

名刺をくれる。そこにあった電話番号は、関口のメモにあったのと、同じだった。

十津川は、いきなり、

「独身ですか？」

と、きいた。

小野は、え？　という顔で、

「そうですが、それが、何か——？」

「すると、将来は、斉藤社長の姪の由紀子さんと、結婚するわけですか？」

「何をいってるんです？　由紀子さんは、ご主人を亡くされたばかりですよ。不謹慎なことをいわないで下さい」

と、小野は、声を荒らげた。

十津川は、構わずに、

「エサに釣られて、殺しをやったんですか」

「何のことです？」

「山中温泉で、入江孝男を殺したことですよ。それに、増田あけみを、溺死に見せかけて、殺した」

「バカなことをいわないで下さい。不愉快だ」

と、小野が、席を蹴《け》って、部屋を出ようとするのを、亀井が、押さえつけた。

「会社中が、大さわぎになっても、構わないのか？」

と、亀井が、いった。

「あんたが、事件の日に、Ｋホテルに泊まったことは、わかってるんだよ」

と、十津川は、語調を変えて、いった。

「泊まってなんかいない」

「偽名で泊まったということだろう。だが、泊まってるんだ」

十津川は、テープレコーダーを取り出して、スイッチを入れた。

Kホテルの関口支配人と、十津川たちの会話が、マイクを通して、流れてきた。

小野の顔に、狼狽《ろうばい》が、走る。

「入江孝男を、殺したね」

と、十津川が、いった。

「殺したのは、増田あけみだ！」

「どうして、彼女だとわかるんだ？」

「彼女は、九時にやって来て、殺したんだ」

「ところが、彼女は、もっと前に、来ているんだよ。彼女を乗せたタクシーの運転手が、証言している。午後五時には山中温泉に着いてるんだ。そして、入江に、会いに行っている」

「それなら、なぜ、九時に、彼女が、いなかったんだ？　なぜ――」

と、いいかけて、急に、小野は絶句した。

十津川は、ニヤッとした。

「そうか、九時にあんたは、入江孝男の部屋にいたのか」

「――――」

小野は、黙ってしまった。

13

「あんたに、殺しを頼んだのは、副社長の斉藤義司だな？」

「――――」

「エサは、未亡人になる由紀子との結婚か。そして、あんたは、この社長一族の端にぶら下がることが出来るというわけだ」

「――――」

「今どき珍しい会社人間だな。入江を殺したあと、増田あけみを、北陸の海岸で、溺死に見せかけて、殺したんだな？」

「あとを、つけたんだ。そしたら、海岸へ行った。じっと、海を見ているのを、うしろから、押し倒した」

「そして、海水に、沈めて、押さえつけたか」

「そして、ハンドバッグの中に、凶器のナイフを入れておいて、沖に流されないように、テトラポッドの間にでも、投げ込んでおいたんだな？」

「そうだよ」

と、小野は、肯いた。

「入江を殺すとき、手袋をはめていたんだろう？　ナイフに、犯人の指紋がついていなかったからな」

と、亀井が、いった。

「ああ、寒いから、手袋も、不自然じゃなかった」

と、小野は、いった。

「うまくいくと、思ったのか？」

と、十津川は、きいた。

「うまくいったんだ」

と、小野が、いう。

「一つ、教えてあげようか」

と、十津川が、いった。

「――――」

小野は、青い顔のまま、

「何のことです」

「あんたは、増田あけみを、殺す必要はなかったんだよ」

と、十津川は、いった。

小野は、一瞬、何のことかわからないで、ぽかんとしている。

「北陸の海岸で、彼女を押さえつけて、溺死させた時、ほとんど、抵抗しなかったろう？」

と、十津川は、いった。

小野は、黙っている。

「彼女はね、入江が死んでいるのを見て、海へ行った。私が、想像するに、彼女は、入江を失って、自殺するつもりだったと思う。あんたが、押さえつけたとき、彼女が、抵抗しなかったのは、そのためだよ。殺されたのに、彼女が、安らかな顔をしていたのは、そのためだ」

と、十津川は、いった。

「――――」

小野は、いやいやをするように、小さく、首をふった。

亀井が、手錠を取り出し、

「緊急逮捕」

と、いって、小野の手にかけた。

十津川と、亀井が、小野を、はさむようにして、応接室を出た。

廊下を歩いて行くと、向こうから、副社長の斉藤義司が、二人の部下と歩いて来るのと、ぶつかった。

立ち止まり、義司は、十津川に向かって、微笑した。

が、その笑いが、手錠をかけられた小野に気付いて、凍りついてしまった。

代わりに、十津川が、微笑した。

「小野さんを、事情聴取のために、連行します」

「――――」

「明日、改めて、伺いますが、その時は、あなたに、いろいろと、聞かなければなりません」

と、十津川は、いった。

L特急やくも殺人事件

1

岡部《おかべ》やよいの父は、去年の十一月に、突然、今まで勤めていた警視庁をやめた。

なぜやめたのか、やよいには、話してくれないのでわからなかったが、まだ、定年には、早かったから、何かあったに違いないのである。

その日から、今年にかけて、父は、うつうつとして、面白くない様子だった。が、やよいは、何もきかなかった。

それが、急に、四月になって、父は、旅行にいこうと、やよいにいった。やっと、気が晴れたという顔である。

「どこへいくの？」

と、やよいが、きくと、父は、

「吉備路《きびじ》を歩いて、それから、出雲《いずも》へいってみたいね」

と、いう。

古代史の好きな父は、暇ができると、それに関係する本を買ってきては、読んでいたし、古墳が発掘されたりすると、出かけていった。

仕事以外、これといった趣味のなかった父にとって、古代史に親しむというのは、唯一の楽しみだったのかもしれない。

二十三歳のやよいは、正直にいって、古代よりも、現代に、関心があるほうだから、旅行の計画を立てる時、父が、吉備路を歩いている間、自分は、倉敷《くらしき》の町を見て回るようにした。

四月十日に、東京を出発して、この日は、父娘そろって、京都市内を見物して一泊、翌日早く、新幹線で、岡山に向かった。

父は、岡山で、吉備線に乗りかえ、やよいは、新倉敷までいくことにした。

岡山でわかれたのが、十一時二十分である。

「いいこと、お父さん。夕方まで、吉備路を見て回ったら、必ず、出雲へいく『やくも11号』に、総社《そうじゃ》から乗ってね。私も、倉敷を見物してから、その列車に乗るから」

と、やよいは、新幹線のなかで、何度も、父に、いった。

父は、面倒くさそうに、

「子供じゃないいんだから、わかってるよ」

「でも、お父さんは、何かに夢中になると、予定なんか、忘れてしまうんだから」

「今度は、大丈夫だよ。一七時二二分に、総社から『やくも11号』に、乗れば、いいんだろう」

と、父は、いった。

このくらい念を押しておけば、大丈夫だろうと思い、やよいは、岡山で、父とわかれ、新倉敷に向かった。

新倉敷で降りると、少し早目に昼食をとり、少しぜいたくだったが、タクシーで、倉敷の町に、入った。

倉敷の駅前で、降ろしてもらい、やよいは、観光地図を片手に、駅前から、まっすぐ南へ下る元町《もとまち》通りを、歩いていった。

喫茶店や、民芸品の店が並んでいる、元町通りを、十分ほど歩き、左へ折れると、絵はがきなどでしられている倉敷川の川岸に出た。

掘割りと、柳、そして、白壁と格子《こうし》窓の家。

（写真のとおりの町並みだわ）

と、やよいは、嬉《うれ》しくなった。

昔、運河だったという倉敷川の両側には、柳の並木が続き、ちょうど、芽を吹き出したところだった。

川の近くには、有名な大原《おおはら》美術館もある。

やよいと同じように、若い女の観光客が、大勢歩いていた。若い女に、倉敷は、それだけ、魅力のある町なのだろう。

やよいは、倉敷川に沿って、ゆっくり歩いてから、大原美術館に入ってみた。

ギリシャ神殿ふうの建物が、本館である。なかに入ってみて、やよいは、改めて、古典の名画が揃《そろ》っているのに感心した。

エル・グレコの受胎告知、ルオーの道化師、ルノアールの泉による女、その他、ゴーギャンや、ドガ、ユトリロなどの絵が、並んでいるのだ。

ゆっくり、見ているうちに、本館だけで、二時間近く、かかってしまった。

大原美術館には、他に、現代絵画を並べた分館や、陶器館、板画館、染色館もあるが、全部見るのは、次の機会にして、やよいは、美術館を出た。もっと、倉敷の町の匂いを、嗅《か》ぎたかったからである。

父と約束した特急「やくも11号」は、岡山が始発で、山陽本線で、倉敷まで走り、その先は、伯備《はくび》線に入る。

倉敷発は、一七時一二分である。それまでは、倉敷の町の景色を、楽しめるのだ。

ふと、気まぐれに、細い路地に入ってみる。

綺麗《きれい》に掃き清められた路地の両側は、白い壁と、板塀である。倉敷川の両側は、観光客で賑《にぎ》やかだが、こんな路地に入ってしまうと、ひっそりと静かで、風までが、ひんやりと感じられる。

女の子に人気のあるエル・グレコという喫茶店に入って、コーヒーを飲む。ここは、若い観光客で一杯だった。

倉敷川は、掘割りとして作られただけに、流れもなく、鏡のように静かだ。川にかかる今橋《いまばし》、中橋《なかばし》といった橋を、渡ってみる。

(お父さんも、吉備路みたいなところは歩かないで、この倉敷へくればよかったのに)

と、やよいは、思った。

少し早目に、倉敷駅に戻り「やくも11号」のグリーン車の切符を買った。

今度の旅行は、少しぜいたくにいこうと、父と話し合って、列車は、全部グリーン車に決めていたのである。

いぐさ人形のお土産《みやげ》を買って、やよいは、改札口を入った。

2

昔は、ディーゼルが走っていたというが、今は、伯備線が電化されたので、L特急「やくも」は、六両編成の電車特急である。

ヘッドマークは「やくも」の文字と、八つの雲を図案化したものが、組み合わされていて、いかにも、出雲という神々の国にいく列車という感じがする。

「やくも」は、おそらく「八雲立つ出雲八重垣――」という『古事記』の歌からとったものだろう。

六両編成の4号車が、グリーン車である。

ウィークデイで、グリーン車は、半分ほどが、空席だった。

やよいが、腰をおろすとすぐ、発車した。十分ほどで、次の総社に着いた。吉備線との合流駅である。

窓から、ホームを見ていたが、父の姿は見当たらなかった。

グリーン車の停まる位置に、父がいないのだ。

（きっと、いつものように、自由席の切符を買って、先頭の1号車にでも乗りこんだに、違いないわ）

と、思った。

今度の旅行でも、たまのことなのだから、グリーン車でいきましょうと、やよいがいったのに、父は、最後まで、普通でいいと、いい張っていたのである。

総社を出てから、やよいは、六両の車両のなかを、探して歩いた。

1号車から6号車まで、ゆっくり、探したのだが、父の姿は、どの車両にも、見当たらなかった。

やよいは、グリーン車の自分の席に戻って、溜息《ためいき》をついた。

父は、きっと、吉備路めぐりに夢中になって、時間を忘れてしまったに違いない。

ひとつのことに熱中すると、他のことを、忘れてしまうのである。やよいが、今でも鮮烈に覚えているのは、四歳の時、父に連れられて、山手線《やまのて》に乗ったのだが、父が、考えごとをしていて、彼女を、電車のなかに置き去りにして、自分だけ降りてしまい、大さわぎになったことである。

そんなところは、年齢《とし》をとってからも、いっこうに、直っていない。

（まあ、いいわ）

と、やよいは、思った。

出雲市内で、今日泊まる旅館は予約してあったし、父も、旅館の名前と、電話番号は、手帳に書いたはずなのだ。

父は、警察をやめてからも、警察手帳に似た黒表紙の手帳を、いつも持っていて、それに、気がついたことは、全部、書き留めていた。

やよいは、父のことを心配するのはやめて、車窓の景色を楽しむことにした。

伯備線は、中国地方の山間を、南から北へ抜けることになるので、どうしても、山間部の駅が、多い。

一八時〇五分に着いた新見《にいみ》は、姫路《ひめじ》へいく姫新《きしん》線への乗換駅で、大きな駅だが、それでも、山間部の駅である。

少しずつ、窓の外が暗くなって、駅のホームが、やたらに、明かるく見えてくる。

山陰本線の米子《よなご》に着いた頃には、完全な夜になっていた。

松江、玉造《たまつくり》温泉とすぎて、出雲市駅に着いたのは、二〇時一三分である。

ホームに降りて、改札口に向かって歩きながら、やよいは、妙な駅名だなと、思った。なぜ「出雲」でなくて「出雲市」なのだろう。

そんな馬鹿なことを考えながら、やよいは、改札口を出た。

観光案内所で、八雲旅館ときくと、高瀬川《たかせがわ》の近くで、歩いて七、八分と、教えてくれた。

やよいは、駅前通りを北へ歩いていった。五分ほどで、高瀬川に着いた。川といっても、運河である。川岸に枝垂《しだ》れ柳が並び、白壁の古い家が続くのは、どことなく、倉敷の町のたたずまいに似ていなくもない。

その川岸に、八雲旅館が、あった。

ひょっとして、父は「やくも11号」より前の特急で、きてしまっているのではないかと思ったが、帳場できくと、まだ、着いていないということだった。

予約してあったので、午後八時をすぎていたが、二人分の夕食を、出してくれた。

やよいは、夕食の途中で、時刻表を、調べてみた。

「やくも11号」の次は「やくも13号」で、出雲市着は、二〇時五七分である。四十五分おそいのだ。

夕食をすませ、お風呂に入って、部屋に戻っても、父は、まだ、着いていなかった。

すでに、九時半をすぎているから「やくも13号」に乗ったとしても、もう、この旅館に着いていなければ、おかしいのである。

（次の「やくも15号」に乗ったのだろうか？）

これに乗ると、出雲市着は、二二時一〇分である。

だが、十一時近くなっても、父は、現われなかった。

次第に、不安になってきた。

もう一度、時刻表を調べて、やよいは、

（あらッ）

と、思った。

今まで、気がつかなかったのだが「やくも11号」は、吉備線と、伯備線の合流駅総社に停車するが、13号も、15号も、停車しないのである。

L特急「やくも」は、上り、下り各九本ずつ運行されているのだが、よく見ると、総社に停まるのは、下りでは、1号、7号、11号の三本だけで、上りも、三本である。

（11号に乗りおくれた父は、次の13号も、総社に停まるものと思いこんで、駅で、待っていたのじゃないかしら？）

もし、そうだとすると、13号、15号、そして、最終の17号も、すべて、総社には、停まらないのである。

（でも、父は、いい大人なのだから、途中で気がつくに違いない）

とも、思った。

倉敷か、岡山に戻るか、あるいは、総社の五つ先の備中高梁《びっちゅうたかはし》にいけば「やくも13号」にでも、15号、17号にでも、乗れるのだ。

3

うとうととして、目を覚まし、枕元に置いた腕時計を見ると、午前二時を回っていた。

あわてて、布団の上に飛び起きて、隣を見たが、父の布団は、宿の人が、敷いていったままである。

もう、父に、何かあったとしか、やよいには、考えられなかった。

しかし、この時刻では、どこにいって調べたらいいか、わからない。

夜が明けるのを、じっと待って、やよいは、出雲市駅に出かけていった。

途中の商店は、まだ、どこも、閉っている時間だった。

駅の構内に入ると、やよいは、駅員のひとりを摑《つか》まえて、

「昨日、倉敷から、こちらへくる特急『やくも』で、何かありませんでしたか？」

と、きいた。

「特急『やくも』が、どうかしたの？」

と、駅員は、最初、びっくりした顔で、きき返したが、やよいが、あまりにも、真剣な表情なので、駅舎に、連れていった。

やよいは、父のことを話した。

「それで、特急『やくも』の車内で、急病になって、病院に運ばれた乗客は、いませんでしたか？」

と、きいてみた。

駅の助役が、応対してくれたのだが、

「昨日は、そういう乗客は、おりませんでしたね。あれば、必ず、報告されているはずですから」

といった。

やよいは、それをきいて、ほっとしたのだが、助役は、急に、思いだした感じで、

「お父さんは、特急『やくも』に、乗っていたと、わかっているんですか？」

と、きいた。

「乗るはずだったんですけど」

やよいは、答えながら、急に、また、不安になってきた。助役が、何か、思い当たることがあって、いったらしかったからである。

「じゃあ、違うかな」

と、助役が、考えこんでいる。

「何のことですか？」

「実は、昨夜、特急『やくも15号』が、備中高梁と、次の木野山《きのやま》の間で男の人をはねてしまいましてね」

「男の人？」

一瞬、やよいが、息をのんだ。

父のはずがないと思いながらも、顔は、蒼《あお》ざめている。

備中高梁という駅のことを、昨夜、考えたことがあったからである。

「やくも11号」は、総社に停まるが、13号以下は、停車しないので、その先の備中高梁で、乗ることになる。

ひょっとして、父は、備中高梁までいき、そこで、列車に、はねられてしまったのではないのか？

「その男の人は、名前は、わかったんですか？」

と、やよいは、きいた。

「それが、まだ、身元不明だったと思いますね」

「亡くなったんですか？」

「くわしいことは、わからないので、きいてみましょう」

と、助役はいい、備中高梁駅に、電話をかけてくれた。

助役は、メモを取りながら、五分ほど、電話をしていたが、受話器を置くと、

「備中高梁駅の話ですと、はねられたのは、五十歳ぐらいの小柄な男性で、救急車で、市内のT病院に運ばれたが、内臓破裂で、死亡したそうです」

「身元は、わからないんですか？」

「ええ。身元を確認できるようなものを、持っていなかったそうです」

(じゃあ、違うわ)

と、やよいは、思った。

父は、洋服に、ネームを入れたりしないのだが、あの手帳を持っている。手帳には、きちんと住所と名前を書きこみ、血液型まで記入しているのを、やよいは、見たことがあったからである。

それでも、まだ、不安は残った。

「どんな服装をしていたのか、わかりますか？」

と、きいた。

助役は、メモを見ながら、

「グレーの背広で、その上から、うす茶のスプリングコートを羽織っていたそうです。ネクタイは、茶の無地のものだったといっていますが――」

「――」

やよいは、言葉を失った。その服装は、そっくり、父のものだったからである。

「備中高梁のT病院ですね？」

「お父さんですか？」

「わかりませんけど、似ています」

と、やよいがいうと、人の好さそうな助役は、言葉を失ったみたいに、黙ってしまった。

やよいは、旅館に戻ると、あわただしく、出発の準備をし、料金を払って、出雲市駅に引き返した。

午前六時三七分発の上りの特急「やくも2号」に、飛び乗ることができた。

座席に腰をおろして、窓の外を見たが、もちろん景色は、目に入らない。

やよいを乗せた「やくも2号」は、九時一三分に、備中高梁に着いた。

白壁、瓦葺《かわらぶ》きの駅だが、やよいには、そんな駅の様子も、目に入らなかった。駅前に、三台ほど並んでいるタクシーの一台に乗って、T病院の名前をいった。

駅前から、高梁川にかかる橋をわたり、五、六分走ると、T病院に着いた。

三階建ての綜合病院である。

受付で、名前をいい、昨夜、収容された男のことをきくと、山田という事務長が、奥から出てきた。

「とにかく、遺体を見て下さい」

と、山田事務長は、いい、やよいを、地下にある霊安室へ連れていった。

扉を開けると、ガランとしたコンクリートの部屋に、ろうそくが点《つ》き、テーブルの上に、柩《ひつぎ》が、置かれていた。

山田が、柩の蓋《ふた》を開けた。

やよいは、覗《のぞ》きこんだ。が、そのまま、呆然《ぼうぜん》として、立ちつくしてしまった。

どうして、こんなことになってしまったのかという当惑、怒り、悲しみが、交錯して、何秒間か、表情まで失ってしまっていたが、急に、涙が、あふれてきた。

山田事務長は、霊安室に、やよいひとりを残して、廊下に出ていったが、警察に連絡したものらしく、五、六分して、私服の刑事がひとり、やってきた。

やよいの気持ちが、どうにか落ち着いてから、四十五、六歳の酒井《さかい》という刑事は、

「この人の名前から、きかせてくれないかね」

と、声をかけてきた。

「岡部道夫。私の父です」

「何をしていた人？」

「この間まで、警視庁で働いていました」

と、やよいがいうと、酒井刑事は「ほう、警視庁で」と、びっくりした顔でいい、急に丁寧な言葉遣いになった。

「岡部さんは、なぜ、あんな所にいたんですかね？」

「わかりません。父は、昨日、吉備路を歩いて、そのあと、総社から『やくも11号』に、乗ることになっていたんです。私とは、その列車のなかで、合流する約束でした」

「しかし、お父さんは『やくも11号』には、乗ってこなかったんですね？」

「ええ。私は、先に出雲へいって、旅館で待っていたんですけど」

「お父さんは、お酒を、飲まれましたか？」

「好きでしたけど、それが、父の死んだことと、何か関係があるんでしょうか？」

「どうも、お父さんは、酔って、線路に入りこまれて、それで、列車にはねられたと、考えられるんですよ。アルコールの臭いがしていましたからね」

と、酒井刑事は、いった。

「でも、私と出雲へいく約束をしていたのに、父が、そんな深酒をしたとは思えませんわ」

「そうおっしゃる気持ちは、わかりますがね」

と、酒井刑事は、いった。

このあと、やよいは、病院に保管されている父の所持品を受け取ったが、やはり、手帳は、失《な》くなっていた。

やよいは、そのことを、酒井刑事に、いった。

「他のものは、失くなっていませんか？」

と、酒井刑事は、きく。

「腕時計も、お財布も、失くなっていませんわ。手帳だけが、見つかりません」

「手帳を、家に忘れてきたということは、ないんですか？」

「父は、持っていました。京都で一泊したんですけど、その時、旅館で、手帳に何か書きこんでいるのを、見ましたもの」

と、やよいは、いった。

「すると、持って、歩いているうちに、落としたのかな?」

酒井刑事は、ひとり言のようないい方をした。

彼は、もう一度、現場付近を捜してみましょうと、いってくれた。

「私も、現場へ、連れていって下さい」

と、やよいは、頼んだ。

彼女は、パトカーで、酒井刑事と一緒に、父がはねられたという場所に、いってみた。

伯備線の備中高梁駅から、二百メートルほど、先であった。

踏切りでもない。線路の脇には、誰が置いたのか、小さな花束が、飾られていた。

「なぜ、父は、こんな所に、きていたんでしょうか?」

それがどうしてもわからなくて、やよいは、酒井に、きいた。

「吉備路を歩いてから、特急『やくも』に乗ることになっていたんでしょう?」

「ええ。総社で『やくも11号』にです」

「それは、乗れなかったんだと思いますね。次の13号、15号、17号は、総社には停車しないから、備中高梁まできて、乗らなければならない」

「それは、考えました」

「備中高梁の町も、城下町で、古い武家屋敷や、商家が多くて、見る所は、たくさんあります。お父さんは、それを見て歩いている途中で、酒を飲まれたんじゃありませんかね。夜になってしまったので、あわてて、駅にこようとしたが、酔っていたので、うっかり、線路に入ってしまった。そこへ、列車がきて、はねられたんじゃないかと、考えてみたんですがねえ」

「でも、備中高梁の手前ではなく、ここは、出雲に近い場所ですわ」

「この近くに、備中松山城《びっちゅうまつやま》があるんです」

と、いって、酒井刑事は、指さして見せた。このあたりは備中高梁の町の北端で、四、五百メートルの山が見え、その山頂に、急斜面を利用した山城が、建っていた。

「お父さんは、あの山城を見にきたんじゃないですかねえ」

「暗くなっているのにですか?」

と、やよいは、きいた。

「やくも15号」に、はねられたとすれば、その列車が、この現場にきたときは、午後七時四十分頃だったはずだからである。

「やくも15号」の備中高梁着は、一九時三八分。

「見ようと思ってきたが、暗くなってしまったので、やめた。それに『やくも15号』が、もうじき、備中高梁に着くので、あわてた。酔いも手伝って、線路に入って、歩いたんじゃないですかね。そして、乗ろうと思った列車に、はねられた。そうは、考えられませんか？」

「考えられませんわ」

と、やよいは、いった。

4

同じ日、警視庁捜査一課の十津川は、三上刑事部長に呼ばれて、すぐ、岡山へいくように、いわれた。

「亀井刑事を連れて、すぐ飛んでくれ」

「岡山というと、岡部道夫さんが、昨夜、列車にはねられた事件ですか？」

「そうだ。あの事件を調べてほしい。というより、失くなった手帳を、見つけ出してもらいたいのだよ」

と、三上は、いった。

「手帳ですか？」

「岡山県警の話では、酔って線路内に入り、特急列車にはねられたらしいのだが、娘さんが、手帳がないからおかしいと、主張しているというのだ。岡部は、いつも手帳を持っていて、それにいろいろと記入していたらしい。その手帳が紛失しているから、事故とは思えないというのだよ」

三上は、難しい顔で、いった。

「それで、なぜ、その手帳を見つけ出す必要が、あるのですか？」

と、十津川は、きいた。他県の警察が捜査している事件に、飛んでいけというのだから、何かあると思うのが、当然だろう。

「君は、岡部道夫と組んで仕事をしたことはないだろう？」

「ありません」

「だから、君に頼むのだ。彼は、信頼できるベテラン刑事ということで、品田《しなだ》刑事と二人で、特別の捜査を、やっていたんだ」

「品田刑事は、去年の十月に、心不全で、警察病院で、亡くなっていますね」

「五十歳だ。惜しい人だったよ。そのあと、岡部も、一身上の都合ということで、急に、警視庁をやめてしまった」

「二人がやっていた捜査は、終わったんですか？」

「もちろん、岡部は、最終報告書を提出し、それが、了承されてから、やめていったんだ」

「それなのに、なぜ、私と、亀井刑事が、今度の事件について、岡山へいき、失くなった手帳を見つけてくるわけですか？」

「問題の事件だがね、内容はいえないが、最近になって、岡部は、結論の違う報告書を出していたのではないかと、考えられるようになったんだ。理由はわからないがね」

「つまり、彼の調べた事実が、失くなった手帳に書かれているかもしれないということですか？」

「そう考えられるので、何とかして、君と、亀井刑事に、見つけてもらいたいのだ」

と、三上は、いってから、すぐ、つけ加えて、

「特に、君に頼むのは、君が、秘密を守ってくれる人間だからだよ。手帳を見つけた場合だが、なかを見るなとはいわない。人の好奇心に、鍵はかけられんし、見るなといえば、かえって、見たくなるものだからな。だから、君や、亀井刑事に、見るなと

はいわん。ただ、それを、口外しないでほしいし、そのとおりにしてくれる人間と思うから、君に頼むのだ」

と、いった。

「わかりました。必ず、秘密は守ります」

十津川は、約束した。

その日のうちに、彼は、亀井を連れて、羽田《はねだ》発一五時五五分の全日空655便で、岡山に向かった。

その飛行機のなかで、十津川は、亀井に、三上刑事部長の話を伝えた。

「面白い話ですね」

と、亀井は、いった。

十津川は、笑った。

「それが、カメさんの感想かい？」

「それに、問題の手帳が失くなっているというのは、他殺の可能性もありますね」

「そうなんだが、岡山県警に、その手帳が大事なことや、岡部さんが、やめる前に、ある事件を担当していて、その事件に問題があるといったことは、今の段階では、喋《しゃべ》れないからね」

と、十津川は、いった。

「しかし、岡山県警には、顔を出さないわけにはいかんでしょう?」

「もちろんだよ。勝手に、捜査するわけにはいかないからね。向こうへいって、なぜ、きたかも説明するのが、難しいね」

と、十津川は、いった。

岡山空港に、一七時一五分に着き、二人は、タクシーで、岡山県警に向かった。

まだ、捜査本部が設けられていないところをみると、大勢として、岡部道夫の死は、事故死と考えているらしい。

十津川は、有田《ありた》という刑事一課長に会った。

「あの事件については、うちの酒井という刑事が調べましたが、岡部さんは、酔って、線路内に入り、特急列車にはねられたとしか、考えられませんね。途中まで同行していた娘さんは、その結論に、反対のようですが」

と、有田は、いってから、

「十津川さんは、なぜ、この事件に、関心を持たれたんですか? 警視庁の捜査方針ですか?」

「いや、警視庁は、この事件には、関心がありません。すでに、やめている人間ですから。ただ、私と、この亀井刑事は、生前の岡部さんに、ずいぶん、お世話になったんです。いろいろと、教えてもらいました。それで、今度のことで、びっくりしましてね。取りあえず、二人で、休みをもらって、駆けつけたわけです。もちろん、葬儀にも参列したいと思っていますし、岡部さんが、亡くなった時のことも、しりたいと思ってきました。また、岡部さんが亡くなって、娘さんは、ひとりになってしまったわけですから、その力にもなりたいと思っています」

と、十津川は、いった。

「すると、お二人とも、非番で、こられたんですか？」

「そうです」

と、十津川は、うなずいた。休暇届を出してきたことは、事実だった。

「岡部さんという方は、そんなに、慕われていたんですか」

「仕事に熱心だし、優秀な人でした」

これも、事実である。

十津川と、亀井は、岡部の娘のやよいにも会った。

やよいは、興奮していた。

「父が、事故死なんて、信じられません」

と、彼女は、十津川に向かって、訴えるようにいった。

「それは、手帳が失くなっているから？」

十津川が、きいた。

「ええ。それに、私と約束していたのに、お酒を飲んで、線路に入るなんて、信じられないんです」

「でも、まだ、手帳は、見つかっていませんわ」

「岡山県警は、事故だと、考えているみたいですよ」

「どんな手帳なんですか？」

と、亀井が、きいた。

やよいは、ハンドバッグから、黒い皮表紙の手帳を取り出した。

「似たものをと思って、市内の文具店で、探してきました。二冊買って、一冊は、この刑事さんに、さしあげましたけど」

「かなり厚い手帳ですね」

十津川は、その手帳のページを繰ってみた。月日の入っていない、自由手帳というものだった。

「これに、岡部さんは、どんなことを、書いていたんだろう？」

と、十津川は、きいてみた。

「わかりません。でも、時々、何か、熱心に書きこんでいるのを見かけたことは、ありますす。今度の旅行でも、新幹線のなかで、何か手帳に書きつけていました」

「今度の旅行は、誰の発案ですか？」

「父が、いい出したことです」

「岡山に出て、岡部さんが、吉備路めぐりをし、あなたが、倉敷に寄って、特急『やくも11号』で、一緒になり、出雲へいくという日程もですか？」

と、十津川は、きいた。

「最初、父は、京都に一泊してから、出雲へいきたいと、いったんです。私は、それなら、倉敷へ寄りたいと、いいました。父は、その間に、吉備路へ回ると、いったんです。父は、昔から、古代史が好きでしたから」

「今度の旅行のことは、誰かに、話しましたか？」

「私は、誰にも話しませんでした。父が、誰かに話したかどうかは、わかりませんけど」

「京都に一泊した時ですが、旅館に、誰か訪ねてきませんでしたか？」

と、十津川が、きいた。

「いいえ。誰もききませんでした」

「電話は、どうですか？」

「かかっては、きませんでしたけど、父は、かけていました」

「どこの誰か、わかりますか？」

「いいえ。父は、私に、誰にかけたかいいませんでしたし、私も、ききませんでしたから」

「しかし、同じ部屋から、かけたんでしょう？」

「すぐ近くの廊下にある公衆電話からかけたんです」

「それなら、電話の内容は、何となく、わかったんじゃありませんか？」

と、亀井が、きいた。

「くわしいことは、わかりませんわ。ただ、明日、吉備路を回ってから、出雲へいくといっていたのは覚えています。それと、あの話は、帰ってから、もう一度したいとも、父は、いっていましたけど」

やよいは、思い出しながら、いった。

「相手は、男だと思いますか？　それとも、女？」

「わかりませんけど、たぶん、男だと思います」

「なぜです？」

「相手が女だと、父は、照れ臭そうに話しますから」

と、いって、やよいは、父親が亡くなってから、初めて、微笑した。

つられて、十津川も、笑顔になった。

「その他、お父さんが、電話している時に、気づいたことは、ありませんか？　どんなことでも、いいんですがね」

と、十津川がいうと、やよいは、目を輝かせて、

「十津川さんも、父が事故死ではないと、思っていらっしゃるんですか？」

「その可能性はあると思っています。ただ、これは、県警には、内緒ですよ」

と、十津川は、釘《くぎ》をさした。

「それで、どうですか？　お父さんの電話のことで、何か、気がついたことは、ありませんか？」

亀井が、きく。

やよいは、当惑した顔になって、

「そういわれても――」

「お父さんは、相手に対して、どんな話し方をしていました？　敬語を使っていたと

か、逆に、乱暴な口調だったとか」

「丁寧に、いっていました。確か、最後も、帰ってから、また連絡しますので、会っていただきたい、みたいに、いっていたと、思うんです」

と、やよいは、いった。

岡部は、優秀な刑事ではあったが、他所《よそ》から見て、狷介《けんかい》なところもある男だった。自分と同等の人間には、決してそんな丁寧な物言いはしないだろう。京都での電話の相手は、かなり、岡部より、社会的地位の高い人物と考えていいだろう。

岡部が、事故死ではなく、殺されたのだとすれば、一番疑わしいのは、その電話の相手である。岡部が、吉備路にいくことを、話しているからだ。

「吉備路へいってみましょう」

と、十津川は、いった。

5

明日、岡山から、吉備線に乗ることにした。

岡山から、総社まで、わずか二十・四キロの短い路線に、岡山、総社を含めて、十の駅が設けられている。

十津川は、その日、岡山市内のホテルに泊まると、夕食のあと『吉備国の神話』という本を、読み始めた。

「熱心ですね」

と、亀井にいわれて、十津川は、照れた。

「一夜漬けの心境だよ。少しは、岡部さんの気持ちに近づこうと思ってね」

と、いった。

古代、岡山周辺には、吉備国と呼ばれる強大な国があって、出雲国と対峙《たいじ》していたといわれる。現在、吉備津系といわれる神社が、岡山県、広島県、鳥取県、さらに、四国の香川県にまで及んでいるのは、吉備国の強大さを示している。『日本書紀』には、吉備津彦命《きびつひこのみこと》という名前で、当時、吉備国に君臨していた豪族のことが、書かれている。

この吉備津彦命は、当時、この地方に居を構え、海賊行為や、掠奪《りゃくだつ》を繰り返していた温羅《うら》という男を退治した。これが、この地方に伝わっている「吉備津彦命の温羅退治」の伝説で、後年になって、桃太郎《ももたろう》の鬼退治になったといわれる。

吉備路には、この吉備津彦命を祭る吉備津神社や、温羅の居城だったといわれる鬼《き》ノ城《じょう》の跡、などがある。

この温羅は、なかなか強く、命《みこと》が先に射ると、岩を投げてくる。

その岩に、矢が当たって、海に落ちてしまった。矢喰《やぐい》岩、矢喰神社は、それを記念してできた。命は、これでは駄目と思い、二つの矢を一時に発射した。鬼神は、不意をつかれ、ひとつの矢が、温羅の左目に命中し、血潮が川のように流れた。今ある血《ち》吸《すい》川はその遺跡である。

吉備津彦命は、戦いの時は、いつも、犬を連れていた。今でいう軍用犬である。

この犬を扱っていた犬養部《いぬかいべ》の子孫が、犬養氏で、元首相の犬養毅《いぬかいつよし》（木堂《ぼくどう》）は、この家の人といわれる。

他に、桃太郎に出てくる猿は、命の随身だった楽々森彦命《ささもりひこのみこと》のことで、雉《きじ》は、当時、儀式に、ヤマドリの尾を使っていたので、それが、桃太郎のお供の雉になったらしい。

「面白いですか？」

と、亀井が、きいた。

「なかなか面白いよ」

十津川は、笑って、いった。が、十津川は、別のことを、考えていた。

岡部は、吉備津神社に興味を持って、歩いたのだろうが、彼を、事故に見せかけて殺し、手帳を奪った人間は、どんな気持ちだったのか？

「岡部さんが、殺されたとして、犯人の動機は、何だろう？」

と、十津川は、亀井にきいた。

「手帳を奪うことだったんじゃありませんか？　もちろん、手帳の主の岡部さんの口封じもあったと思いますね」

「しかし、岡部さんが警視庁をやめて、かなり時間がたっている。もし、犯人にとって、彼が危険な存在なら、なぜ、すぐ殺さなかったんだろう？　なぜ、わざわざ、岡山まできて、殺したんだろう？」

「急に、危険な存在になったということかもしれませんね」

と、亀井が、いった。

「なぜ、急に危険な存在になったんだろう？」

十津川は、なおもきいた。彼のこんな質問に馴《な》れている亀井は「そうですねえ」と、考えてから、

「ひょっとすると、岡部さんの今度の旅行に、関係があるのかもしれませんね。彼は、ある人間に、京都の旅館から、電話をかけて、明日、吉備路を歩くと、いった。そのことが、ひとつの意思表示になっていたということも考えられます」

「相手にとってね」

「そうです。電話の相手は、わからないんですか？」

「京都の旅館に、電話してみたんだが、わからないんだ」

「しかし、旅館からかけていれば、自動的に、かけた相手の電話番号が残るんじゃありませんか？」

「ところが、正確にいうと、廊下にある休憩室に、公衆電話が置いてあってね。岡部さんは、そこからかけたらしいんだ。ただ、帳場の話だと、電話をするので、千円札を百円玉にかえてくれと、岡部さんはいったそうだから、長距離にかけたことだけは、間違いないね。また、岡部さんにしてみれば、記録が残らないと思ったから、平気で、電話を相手にかけたのかもしれん」

と、いった。

「まさか、古代史が、犯行のきっかけになったということは、ないでしょうね？」

「古代史は、あくまでも、岡部さんの趣味で、彼が、警視庁時代に調べていたこととは、関係ないと思うね」

「岡部さんが、何を調べていたか、刑事部長に、きくわけにはいかんのですか？」

「きかないことを、約束させられているんだよ」

と、十津川は、いった。

「まるで、両手を縛られて、仕事をしろといわれているみたいなもんじゃありませんか」

と、亀井は、文句を、いった。

「まあ、そうだが、約束だから、仕方がないさ」

十津川は、苦笑して、いった。

翌日、十津川たちは、やよいも連れて、九時一六分岡山発の、列車に乗った。

赤い車体の、ディーゼル車両の三両編成である。

四つ目の吉備津駅で降りた。

無人の小さな駅である。駅の傍《そば》に、吉備津神社の大きな石の鳥居が建っている。

「お父さんは、自転車に乗れましたか？」

と、十津川は、やよいに、きいた。

「健康にいいといって、いつも、自転車に乗っていましたけど」

「それなら、ここで、自転車を借りたかもしれませんね」

と、十津川は、いった。

吉備路には、自然歩道の他に、自転車道も作られていたし、駅の傍に、レンタサイクルの貸出所が、あったからである。

やよいが、父親の顔立ちや、服装を説明し、十津川は、東京から持ってきた写真を見せて、一昨日《おととい》、自転車を借りなかったかを、きいてみた。

貸出所にいた中年の男は、あっさりと、

「ああ、この人なら、一昨日、自転車を借りていきましたよ」

「いつ、返しにきました？」

「それが、返しにこられないんですよ。吉備路には、何カ所か貸出所があるんですが、どこにも、返却されていないんです。今、探しているんですが」

「その時、ひとりでした？」

「ええ。おひとりでしたね。吉備路を回って、総社へいくといわれたんで、それなら、総社の駅前にある貸出所へ、返しておいて下さいと、いったんですが」

と、相手は、いった。

どうやら、一昨夜、特急「やくも」にはねられて死んだ人と、自転車を借りた客とを、結びつけて、考えてはいないようだった。

十津川は、サイクリングマップをもらい、三人で、自転車を借りた。

吉備津自転車道は、吉備津神社のあたりから始まり、古墳群のなかを通り、総社駅までである。

三人は、まず、吉備津神社に、いってみた。

前方に、鯉山《りざん》と呼ばれる吉備の中山《なかやま》が見えた。標高わずか百七十五メートルだが、その姿の美しさで有名である。『枕草子』にも出てくるし『古今和歌集』のなかの歌にもよまれている。鯉山というのは、頼山陽《らいさんよう》が、鯉に似ているので、つけたものだといわれる。

十津川は、そんなことを、パンフレットで読んでいた。

吉備津神社は、中山の麓《ふもと》に建ち、その屋根が、一風変わっている。吉備津造りというのだが、今日は、ひたすら、岡部の足跡を追うことにした。

社務所で、岡部の写真を見せたが、覚えていないということだった。しかし、神社の前に喫茶店と茶店が三軒あり、その一軒が、岡部のことを、覚えていてくれた。

確かに、一昨日、岡部が、立ち寄って、甘酒を飲み、吉備津神社のことを、いろいろと、きいたという。

「何時頃ですか？」

と、やよいが、きいた。

「十二時半頃だったと思いますよ」

と、茶店の主人は、考えながら、いった。

「誰か一緒じゃなかったですか？」

これは、亀井が、きいた。

「いや、おひとりでした」

それが、答えだった。ともかく、一昨日、岡部は、この吉備津神社へは、きているのだ。

十津川たちは、自転車をつらねて、旧山陽道に沿って走り、古墳群のある吉備路風土記の丘に向かった。

古墳のひとつ、造山《つくりやま》古墳は、全長三百六十メートルの巨大な前方後円墳である。

「吉備の勢力というのは、よほど強大だったんですねえ」

と、亀井は、自転車をとめ、古墳を見あげて、感心している。

この他に、古墳は、いくつも、この丘に集まっていた。そうした古墳群の他の名所は、備中国分寺の五重塔だった。なだらかな丘の上に、ひときわ高くそびえているので、いやでも目につく。

たぶん、岡部は、ここにもきたはずだが、それを、確認する方法はなかった。

三人は、吉備路郷土館へも、寄ってみた。二階が展示室で、古墳からの出土品が、説明をつけて、並べてあった。

「ここにも、父はきたと思いますわ」

と、やよいは、いった。

このあとは、どこへいったのだろう？

矢喰神社とか、血吸川といった鬼退治の伝説にまつわる場所は、少し離れているし、高松城跡などには、いかなかったろう。

三人は、総社の町へいってみることにした。

ここから、特急「やくも11号」に、乗ることになっていたからである。

総社は、吉備線の駅というよりも、伯備線の駅だということが、わかった。駅も大きいし、倉敷に近いので、宅地化も、進んでいるようだった。

十津川たちは、駅前の喫茶店を、一軒ずつ回ってみた。もし、岡部が、総社へきて、時間が余っていれば、おそらく、お茶でも飲みながら、例の手帳に、何か書きこんだのではないかと思ったからである。

十津川の勘は、当たっていた。

喫茶店のひとつで、店の主人夫婦が、岡部を覚えていてくれたのである。

コーヒーを飲んだという。

「あれは、三時少し前でしたよ。間違いなくこの人です」

と、岡部の写真を、指さした。

「三時前ですか」

と、うなずいてから、十津川は、やよいに、目をやって、

「乗るはずだった特急『やくも11号』の総社発は、一七時二二分でしたね？」

「はい」

「すると、二時間以上前に、ここに着いていることになる。つい、早くきてしまったのか、それとも、この近くで、見たいところが、あったのか、どちらかでしょうがね」

「酒井刑事さんは、備中高梁の先にある城を見にいったんだろうと、いっていましたけど」

「少し遠すぎるな」

と、十津川は、いってから、店の主人に、

「この写真の人は、何かいっていませんでしたか？」

と、きいた。店の主人は、

「確か、宝福寺《ほうふく》へいく道を、きいていらっしゃいましたよ」

「宝福寺ですか？」

「雪舟《せっしゅう》ゆかりのお寺です」

と、店の主人は、いった。車で十分ぐらいの場所だという。

十津川たちは、自転車で、総社の北にある宝福寺に向かった。

「父は、なぜ、そのお寺に、興味を持ったんでしょう？」

自転車を走らせながら、やよいが、十津川に、きいた。

「雪舟に興味があったということは、ありませんか？」

「いいえ。絵には、趣味のない人でした」

「すると、宝福寺そのものに、関心があったことになりますがね」

「でも、そんなお寺の名前は、父から、きいたことがありませんでしたわ」

「古代史とも、関係ありませんね」

と、亀井も、いう。

三人は、宝福寺に着いた。

6

森のなかの大きな寺である。禅寺だった。

三人は、山門の前に、自転車を置き、境内に入っていった。

広い境内である。池を前にして、仏殿がある。その裏には、朱塗りの三重塔が、そびえていた。

右手は、方丈である。雪舟の碑もあった。

だが、岡部が、なぜ、ここへきたかは、わからなかった。

寺に興味がある人なら、面白いのだろうが、そうでなければ、退屈してしまうのではないか。

「ここにきたのは、おそらく、三時半頃だろうね」

と、十津川は、亀井に、いった。

「そうでしょうね」

「彼は、特急『やくも15号』に、備中高梁の先で、はねられた。その時間は、時刻表から見て、十九時四十分頃だ。午後七時四十分。四時間ある」

「その間に、どうしたか、何があったか、ということですね」

「この寺で、他に、見るものがあるんだろうか？」

十津川は、方丈の前に立って、境内を見回した。

やよいも、ひとりで、歩き回っていたが、十津川たちのところに戻ってきた。

「こうしたお寺には、泊まる施設もあるんですって」

と、いった。

「ええ。宿坊というのがありますよ。お父さんは、そこへいったと思うんですか？」

「わかりませんけど、他には、もう、見るところがありませんから」

「じゃあ、いってみますか」

と、十津川は、いった。

三人は、宿坊になっている般若院《はんにゃ》へ歩いていった。宝福寺の塔頭《たっちゅう》である。誰でも、安く泊めてもらえるということだった。

十津川は、そこにいた若い僧に、岡部の写真を見せた。

「ああ、この方なら、お見えになりましたよ」

と、相手は、表情を変えずに、いった。

十津川たちのほうが、興奮してしまった。

「一昨日ですか？」

と、亀井が、きいた。

「ええ。一昨日の三時四十分頃だったと思いますね」

「ひとりで、きたんですか？」

と、やよいは、早口に、きいた。

「ええ。おひとりでした」

「でも、父は、ここには、泊まらなかったと思いますけど」

と、やよいが、首をかしげると、二十二、三に見える若い僧は、微笑して、

「お泊まりになったわけじゃありません。自分の友人が、前に、ここに泊まったはずなので、それを確かめたい。宿帳を見せてもらえないかといわれました。宿帳という名前のものはありませんが、泊まった方には、名前と住所を書いていただくことにしています」

と、いい、和綴《わと》じの帳面を持ってきてくれた。

この宿坊に泊まった人たちが、筆と墨で、名前と、住所を、書きつけている。

「彼は、いつのを見たいと、いっていました？」

と、十津川は、きいた。

「去年の九月のものを見たいと、おっしゃっていましたね」

「九月の何日ということは？」

「それは、いわれませんでした」

と、若い僧はいい、九月の帳面を見せてくれた。

十津川は、それを、初めから、見ていった。どの名前を見つけたらいいのかわからないので、迷いながらである。

（おやッ）

と、十津川が、手を止めたのは、そのページの半分ほどが、破られていたからだった。

若い僧は、びっくりした顔で、

「どうして、そんなことに――」

「しりませんでしたか？」

「もちろんですよ。一昨日、その方に、お見せした時も、何ともありませんでしたから」

「では、彼が、破ったということですかね？」

「それはないと思いますよ。私は、傍にいましたが、破るようなことは、されませんでした。ただ、手帳に、書き写しておられただけです」

と、若い僧は、いう。

「では、誰が？」

「わかりません。こんなことをする人は、いないと思うのですが」

「一昨日から、昨日にかけて、ここに泊まった人の名前も、記入されているわけですね」

と、十津川は、きき、今年の四月分の帳面を見せてもらった。

一昨日から昨日にかけて、この宿坊に泊まった人間は、五人で、すべて男である。

十津川と亀井は、その名前と住所を、書きとった。名古屋ひとり、大阪二人、広島二人である。

「その帳面を、しばらく、貸していただけませんか。今年の四月の分と、去年の九月の分です」

と、十津川は、若い僧に、いった。

若い僧は、奥へいき、相談していたが、承知してくれた。

十津川たちは、礼をいい、その二冊を持って、宿坊を出た。

7

三人は、総社まで戻り、喫茶店に入った。

ひと休みしてから、十津川は、やよいに、

「あなたは、駅近くの自転車の貸出所にいって、お父さんの借りた自転車が、まだ見つかっていないかどうか、きいてきてくれませんか」

と、頼んだ。

彼女が、出ていったあと、十津川は、亀井に、

「これから先は、彼女には、きかれたくなくてね」

「岡部さんを殺し、その帳面のページを破いた人間のことをですか？」

亀井が、声をひそめて、きいた。

「ああ、そうだ。三上刑事部長が、内密にしたい名前かもしれないからね」

「しかし、このページは、破られていて、名前はわかりませんよ」

と、亀井は、いった。

九月十六日のページである。行数から見て、この日は十二名の泊まり客がいたはず

なのだが、そのなかの五名分ぐらいが、破られてしまっている。

「そうなんだが、犯人は、よほどあわてて、破ったとみえて、上のほうが、残っている。住所のほんの一部だが、読むことができるよ」

と、十津川は、いった。

「しかし、警部。辛うじて、東京とか大阪とわかるぐらいですよ」

「それでも、筆跡は、わかるさ」

「一昨日と昨日、あの宿に泊まった五人のなかに、九月十六日と、同じ人物がいると思われるわけですか？」

「私は、いると思っているよ。外から入ってきて、破るわけにはいかないし、岡部さんのように、見せてくれといった者もいないとすれば、泊まって、隙《すき》を見て、破ったんだ。もちろん、今度は、偽名を使い、住所もでたらめだろうがね」

「偽名だと、身元の割り出しは、難しいですよ」

と、十津川は、いった。

「その点は、私は、楽観しているんだ」

と、十津川は、いった。

「なぜですか？」

「宿坊では、泊まり客は、一緒に食事をする。それに、この五人のうち、犯人以外の四人は、本名で、泊まっているだろう。その四人に、犯人の似顔絵作りに協力してもらう」

「それはできますね」

「できあがった似顔絵の顔は、ひょっとすると、私や、カメさんのしっている人間かもしれない。いやなことだがね」

と、十津川は、いった。

二人が、コーヒーを飲んでいるところへ、やよいが、息をはずませて、戻ってきた。

「自転車が、見つかったそうです」

と、彼女は、いった。

「どのあたりでですか？」

亀井が、きいた。

「備中高梁の近くの山のなかだということで、今、引き取りにいっているそうです」

「特急に、岡部さんがはねられた近くというわけですか」

「ええ」

「犯人は、岡部さんが、そこで、自転車を乗り捨てて、線路まで歩いていったように、見せかけたのかな」

8

その日、三人は、総社のホテルに泊まることにした。

十津川は、亀井と二人だけの部屋に入ると、すぐ、東京に電話をかけた。

捜査一課の西本刑事が、出ると、宝福寺の宿坊で借りてきた宿帳の五人の名前を、いった。

「この五人が、実在の人物かどうか、すぐ、調べてもらいたいんだ」

と、十津川は、いった。

夕食のあとで、西本から、電話が入った。

「各県警に協力してもらいましたが、名古屋の一名をのぞいて、他の四人は、その住所に住んでいるそうです」

「名古屋の園田昭夫《そのだあきお》というのは、偽名か？」

「そうです。住所もでたらめだそうです」

「わかった」

と、十津川は、いった。

それなら、他の四人にきけば、この男の人相が、わかるだろう。

翌日、やよいを、残して、十津川と亀井は、広島に向かった。

広島の二人は、共に五十代で、一緒に、宝福寺にいったということだった。

十津川たちは、二人を、駅前の喫茶店に呼んで、一緒に、宿坊に泊まった男のことを、きいた。

「名古屋の人は、ずいぶんおそくきたんですよ」

と、ひとりが、いった。

「何時頃ですか？」

「午後の十時近かったと思いますね。急に、泊めてほしいといって、こられたんです」

「どんな人でした？　年齢とか。顔立ちですが」

と、十津川は、きいた。

「六十五、六といったところですかね。痩《や》せて、背の高い人でしたよ。名古屋の人間だっていってましたが、訛《なま》りはありませんでしたね」

「顔は、覚えていますか？」

「三日前のことだから、よく覚えてますよ」

と、二人とも、いった。

十津川は、用意してきたスケッチブックに、二人のいう顔を、描いていった。

犯罪捜査に、似顔絵が役立つということで、その講習会があり、十津川も、それに出て、習ったのである。

目のきつい、頬骨のとがった、初老の男の顔ができあがっていった。

二人が「間違いなく、この男の人ですよ」と、いった。

二人に、礼をいって帰ってもらったあと、十津川と、亀井は、顔を見合わせた。

「あの人ですね」

と、亀井が、いった。

「そうだ。警視庁ＯＢの向井《むかい》さんだよ」

十津川は、溜息まじりに、いった。

「現在、中央セキュリティの社長でしたね」

「ああ。警察のエリートコースを歩いて、そのあと民間企業にいき、警備保障会社の社長になっている人だ」

「参りましたね」

と、亀井は、いった。

「まだ、どんな事件に関係したのかわからないから、何もいえないんだが」

と、十津川は、いったが、岡部の死が、他殺なら、殺人事件が絡んでいるのである。

「どうされますか？」

亀井が、きいた。

「君は、大阪へいって、あとの二人の泊まり客に、この似顔絵を見せて、確認してくれ。私は、もう一度、岡部さんの娘さんに、会ってくる。そのあと、東京へ戻ることにしよう」

と、十津川は、言った。

十津川は、亀井とわかれて、倉敷に向かった。

総社に残っていたやよいとは、総社の駅で会った。

十津川は、似顔絵のことは、話さずに、

「何かわかりましたか？」

と、やよいに、きいた。

「宝福寺のあと、父の足どりが、少しわかりました」

と、やよいは、いう。

「どんなふうにですか？」

「それが、変なんです。父は、また、総社に戻って、駅の近くの文具店に寄っているのが、わかりました」

「文具店？　そこで、何か買ったんですか？」

「ええ。Ｂ６判の茶封筒と、切手なんです。それに、セロテープ。切手は、六十円切手です」

「面白いですね」

「なぜ、そんなものを買ったんでしょうか？」

「その時刻は、わかりますか？」

「午後五時を、すぎたばかりだったみたいですわ」

と、やよいは、いった。

「なるほどね」

「十津川さんには、わかります？」

「何となくね。郵便局は、五時で終わってしまう。それで、封筒と、切手を買ったんでしょう。何かを、送るためですよ。岡部さんは、その茶封筒に、何かを入れ、切手

を貼って、郵便ポストに、投函したんだと思いますよ。セロテープは、封をするため
でしょう」

と、十津川が、いうと、やよいは、目を輝かせて、

「それは、手帳でしょうか？」

と、きいた。

「かもしれませんね」

とだけ、十津川は、いった。

「父は、なぜ、そんなことを、したんでしょうか？」

「岡部さんが、殺されたんだとすると、それを予感していたのかもしれません」

と、十津川は、いった。

岡部は、優秀な刑事だった。誰かに、尾行されていることに気づいたのではないか。

だから、万一に備え、手帳を茶封筒に入れ、切手を貼って、投函したのだろう。

郵便ポストほど、安全な保管場所は、ないからである。

（とすると、犯人は、問題の手帳を、手に入れていないことになるのか？）

岡部は、その封筒の送り先を、どこにしたろうか？

自宅か、友人の家か。

「ちょっと、失礼します」

と、十津川は、やよいにいい、近くの公衆電話で、東京の西本に、かけた。

「すぐ、岡部さんの自宅へいってみてくれ。住所は、世田谷《せたがや》区松原《まつばら》六丁目だ」

「岡部さんというと、前に、捜査一課にいた方ですね？」

「そうだ。三日前に亡くなっているんだ」

「何を調べるんですか？」

「今、留守になっているはずだが、ひょっとすると、泥棒が入ったかもしれない。それを調べるんだ。そのあと、誰かに、見張らせておいてくれ。あとで、また、電話する」

と、十津川は、いった。

9

やよいは、こちらで、父の遺体を、荼毘《だび》に付すといった。

十津川は、彼女とわかれて、その日のうちに、東京に戻ることにした。

新幹線のなかから、西本に、もう一度、電話をかけた。

「どうだったね？」

「警部の予想されたとおり、昨夜、賊が入ったようです。勝手口の扉がこわされ、部屋が、荒らされているのが、わかりました」

と、西本が、いった。

（やはりか）

と、思いながら、十津川は、

「何を盗まれたかは、わからんだろうね？」

「家人が留守なのでわかりませんが」

「それはそうだ」

と、十津川は、いった。

犯人が、入ったとき、封筒は、届いていたのだろうか？　時間的に見ると、微妙なところである。

郵便箱に入っていても、犯人が、気づかない場合もある。

東京に帰ったのは、午後十一時すぎである。

亀井は、先に、帰っていた。

「大阪の二人も、この似顔絵の男だったと、いっていました」

と、亀井は、十津川に、いった。

「そうか」

「その男は、妙に落ち着きがなかったと、いっています。それに、話しかけても、のってこなかったそうです」

「話し合うどころじゃなかったのかもしれないね」

と、いってから、

「岡部さんの家へいってみよう」

と、亀井に、いった。

深夜の街を、十津川と、亀井は、車で、世田谷の松原に向かった。

岡部の家は、二階建ての小さなものだった。

近くに、同じような造りの家が多いところを見ると、建売り住宅だったのだろう。

清水刑事が、寄ってきて、

「その後、異状はありません」

と、報告した。

十津川は、門についている郵便箱を覗いてみた。

新聞が投げこんであったが、茶封筒は、見つからなかった。

まだ届いていないのか、それとも、犯人が、持ち去ってしまったのか。

「私が、残って、見張りましょう」

と、亀井が、いった。

亀井を残し、十津川と清水は、警視庁に戻った。

深夜だったが、三上刑事部長は、まだ、残っていて、十津川を、呼んで、

「どうだったね？」

と、きいた。

十津川は、まず、問題の似顔絵を、三上に差し出した。

「これを、見て下さい」

「これが、どうかしたのかね？」

三上は、難しい顔で、きいた。

「岡部さんは、おそらく、殺されたんだと思います。特急『やくも15号』に、はねられたように、見せかけてです。その犯人と思われるのが、この人です」

と、十津川は、いった。

「君は、これが誰かしっているかね？」

「もちろん、しっています。向井元副総監で、現在、中央セキュリティの社長です」

「その人が、岡部を殺した犯人だというのかね？」

三上は、当惑した顔で、十津川を見た。

「断定はしませんが、可能性は、あります」

「手帳は、どうしたね？」

と、三上が、きく。

「まだわかりません。向井さんが手に入れたかもしれませんし、違うかもしれません。目下、捜しているところです」

「なぜ、向井さんが、浮かんできたのかね？」

と、三上が、きいた。

十津川は、宝福寺でわかったことを、そのまま、三上に話した。

「名古屋の園田という男が、向井さんであることは、まず、間違いありません」

「それを、君は、どう解釈したのかね？」

と、三上が、きく。

「向井さんは、去年の九月十六日に、宝福寺の宿坊に泊まりました。本名でです。ところが、あとになって、それが、まずいことになったが、誰も気づかないので、そのままにしておいた。ところが、岡部さんが、気づいたんですね。それで、吉備路を回ったあと、宝福寺にいき、向井さんが、宿坊に泊まったことを、確認しました。向井さんにとっては、それは、困ったことだった。なぜなのか、私には、わかりません。とにかく、向井さんは、岡部さんの口を封じ、偽名で、宝福寺の宿坊に泊まり、自分の名前の書かれた九月十六日のページを、破り取ってしまったんです。私に、想像がつくのは、これだけです」

と、十津川は、いった。

三上は、黙ってきいていたが、

「向井さんが、岡部道夫を殺したのは、間違いないかね？」

「まず、間違いないと思いますね」

「それでは、話そう。九月十七日の早朝、倉敷で、殺人事件が、起きた。殺されたのは、東京の女だ。銀座のホステスで、名前は、横田可奈子《よこたかなこ》。二十八歳。もちろん、この事件は、倉敷の警察が、捜査した」

と、三上は、いった。

十津川は、黙って、きいていた。

「彼女は、美人でね。男関係が、派手だった。すぐ、三人の容疑者が浮かんだが、確証はつかめず、迷宮入りになりかけたんだよ。その時、急に、浮かんできたのが、向井さんの名前だった」

「なるほど」

「向井さんが、彼女に惚《ほ》れて、ダイヤの指輪なんかをプレゼントしていたことや、彼女が、他の男と仲よくしているのを見て、殴りつけたことなどもわかってね」

「それで、岡部さんが、品田刑事と二人で、調べていたわけですか？」

「相手が、何といっても、副総監までなった人だからね。内密で、二人に調べさせたんだよ」

「それで、シロになったんですね？」

「九月十七日の早朝、倉敷で殺されたということは、前日の十六日に、倉敷周辺に泊まっていなければ、とうてい、現場に、いくことはできない。十七日の午前五時には、殺されていたんだからね。それで、岡部と、品田の二人は、向井さんの写真を持って、倉敷、岡山などのホテル、旅館を、きいて回った。しかし、九月十六日には、どこにも泊まっていなかった」

「向井さん自身は、何といっていたんですか？」

「九月十六日は、自宅にいたと、いっていた。証拠は、なかったがね」

と、三上は、いう。

「向井さんは、寺の宿坊に泊まっていたから、わからなかったんですね」

「そうらしい」

「岡部さんは、警視庁をやめてから、宿坊に気づいたんでしょう。それで、確かめにいったんです。しかも、自分がいくことを、向井さんに、電話した節があります」

「なぜ、そんなことをしたんだろうか？」

　と、三上が、首をかしげた。

「おそらく、向井さんへの挑戦の気持ちがあったんじゃないかと思いますね。それで、向井さんは、あわてて、宝福寺へ飛んでいって、岡部さんを殺したんだと思います」

「困ったことになったな」

　と、三上は、溜息をついた。

「実はね、十津川君。向井さんの末娘が、うちの若い刑事と、結婚することになっているんだよ」

「そうですか」

「もう一度、きくが、本当に、向井さんが、岡部さんを殺したことは、間違いないんだろうね？」

「証拠はありませんが、私は、そう考えています」

と、十津川は、いった。

「手帳が見つかるまで、結論は、控えよう。もし、手帳に、何も書いてなければ、向井さんが、岡部さんを殺す理由がなくなるからね」

三上は、元気のない声で、いった。

10

翌日になって、亀井から、手帳が見つかったという連絡が、入った。

「これから、持っていきます」

と、亀井は、無線でいい、すぐ、警視庁に帰ってきた。

「岡部さんが、総社で、投函する時、料金不足で、投函したのがよかったんです。普通は、差出人のところに戻るんですが、旅先から出しているので、戻せずに、こちらの郵便局に、止めてあったのです。もし、料金不足でなかったとすると、留守でも、配達されていて、家探しした犯人が、見つけて、持ち去った可能性がありますよ」

と、亀井は、いった。

「カメさんは、この手帳のなかを、読んだのかね？」

「いえ。読んでいません。そのほうが、いいと思いましたから」

と、亀井が、いった。

十津川も、茶封筒に入れたまま、三上刑事部長のところへ、持っていった。

「私も、亀井刑事も、手帳は、読んでいません」

と、十津川は、渡すときに、三上に、いった。

三上は、黙って、封筒から取り出し、手帳を、めくって、目を通していたが、

「君のいったとおり、彼は、宝福寺へいって、九月十六日に、向井さんが、泊まったことを、確認したと書いているよ。これで、向井さんのアリバイが、消えたともね。それが、最後の記述だ」

と、いった。

「そうですか」

とだけ、十津川は、いった。

三上刑事部長が、どうするか、十津川は、きかずに、自分の部署に戻った。

次の日、向井忠則《ただのり》が、逮捕されたのを、十津川は、しった。

逮捕したのは、岡山県警からきた二人の刑事である。

三上は、十津川と話したあと、岡山県警に、連絡したのだろう。

向井が、去年の九月十七日の殺人と、今度の岡部道夫殺しの両方について、自供したことも、十津川は、しった。

十津川の想像したとおり、岡部は、京都から、向井に、挑戦する気持ちで、電話したのだ。

向井は、あわてて、翌日、岡山に飛び、宝福寺に待ち伏せて、岡部のあとをつけ、備中高梁に近い山道で、岡部を殴りつけて気絶させた。

そうしておいて、むりやりウイスキーを流しこみ、備中高梁の先で、特急「やくも15号」の前に、押し出したのである。

そのあと、宝福寺に戻り、無理に頼んで、宿坊に、泊めてもらった。

九月十六日に、本名で書いてしまった宿帳のページを、破り取るためだった。

夜中に、九月の分を見つけたが、あわてて破いたので、一部が、残ってしまった。

手帳については、岡部が、手帳に、いろいろと書きつけていることはしっていたので、奪い取るつもりだったが、とうとう見つけ出すことが、できなかったと、向井は、いっているらしい。

彼の末娘と結婚することになっていた若い刑事が、どうするか、十津川には、わからないし、その男が誰なのか、しりたい気持ちもなかった。

「三上刑事部長も、なかなか、しっかりしているじゃありませんか」

と、亀井がいったのだけは、十津川の心に残った。

阿蘇で死んだ刑事

1

白い車体の側面に、青い斜めのラインが描かれている。

第三セクター南阿蘇《みなみあそ》鉄道を走るレールバスである。一両編成で、十七・七キロの区間を、ことこと走る。

ＪＲ豊肥《ほうひ》本線の立野《たての》駅を出ると、すぐ、白川《しらかわ》にかかるアーチ橋を渡る。眼《め》のくらむ高さで、この鉄道の最大の見せ場である。

そのあとは、阿蘇外輪山の内側を、のんびりと走るのだが、のどかな田園風景にふさわしく、三角屋根の時計塔のある駅があったり、丸太の木肌を生かした駅があったりする。

改造された駅が、いい合わせたように、可愛《かわい》らしいペンション風なのは、若い観光客を呼ぼうとしているのだろう。

四月十五日、一三時〇七分立野発のレールバスには、十二、三人の乗客が、乗っていた。

ワンマン・カーで、車掌は、乗っていない。

白川にかかる鉄橋を渡ると、最初の長陽《ちょうよう》駅に着く。

今、阿蘇のカルデラの中は、新緑の季節である。水田では、間もなく、田植えが始まるだろう。

その新緑の中を、白いレールバスが、走って行く。

加勢《かせ》、阿蘇下田《あそしもだ》、中松《なかまつ》と停車して、阿蘇白川《あそしらかわ》に着く。三角の時計塔のある駅である。駅というより、オモチャのように見える。白と青のケーキの家といった方が、適切かも知れない。

車内にいた観光客らしい若いカップルが、しきりに、写真を撮《と》っていた。

阿蘇白川を出ると、あと二駅で、終点の高森《たかもり》である。

高森からは、バスで宮崎県の高千穂《たかちほ》に出ることが出来る。

阿蘇白川を出たのが、一三時二九分だった。

その直後、突然、車内で、爆発が、起きた。激しい爆発音と同時に、閃光《せんこう》が、車内を貫き、座席は、吹き飛び、悲鳴が、走った。

途中で、何人かが降り、車内に残っていたのは、七、八人の乗客だったが、彼等は、床に叩《たた》きつけられた。その中には、阿蘇白川で、熱心に、駅の写真を撮っていた若いカップルもいた。

全ての窓ガラスは、粉々になって、吹き飛び、車体は、脱線し、横倒しになった。

2

阿蘇の町から、救急車とパトカーが、駈《か》けつけたのは、十五、六分後だった。

救急隊員と、パトカーの警官は、横倒しになった車体から、必死に、乗客と、運転手を、救出に、かかった。

誰《だれ》もが、血だらけになっていた。

すでに、事切れてしまっている乗客もいる。

破壊された車内には、血の臭《にお》いと、爆薬の臭いが、充満していた。

爆発は、車体の中央部付近で起きたらしく、その辺《あた》りの座席は、根こそぎ、剝《は》ぎとられ、二人の乗客が、折り重なるようにして、死亡して、見つかった。

運転手と、乗客は、阿蘇町の病院に運ばれたが、乗客七人の中《うち》、五人は死亡し、二人は意識不明の重体だった。

辛《かろ》うじて、意識が残っていたのは、井上《いのうえ》という運転手だけだが、彼にしても、爆発の瞬間、前のフロントガラスに、叩きつけられ、頭に、十二針縫う裂傷を負っていたし、背骨に、強い痛みを、訴えていた。

一時間後に、熊本県警本部から、三人の刑事が、やって来た。最初、単なる車両事故と思っていたものが、爆破・殺人事件とわかってきたからである。

三人の刑事たちは、破壊された車両を調べ、そのあと、唯一、意識のある運転手から、話を聞いた。

しかし、乗客に、背中を向けていた運転手から、これといった話は、聞けなかった。

「何しろ、突然でした。何が何だかわからない中に、車両が、横転し、私は、血だらけになっていたんです」

と、運転手は、いうだけだったからである。

確かに、背後で、突然、爆発が起きて、フロントガラスに、頭を突っ込んでしまったとすれば、何が何だか、わからなかったろう。

刑事たちは、被害者たちの身元を調べることにした。

これは、何者かが、車両を爆破したに違いない。とすれば、犯人の動機は、南阿蘇鉄道に対する恨みか、この車両に乗っていた乗客への恨みからに、違いなかったからである。

南阿蘇鉄道への恨みは、別に調べるとして、取りあえず、乗客と、運転手の身元を調べた。

運転手は、意識があるが、乗客の方は、助かった二人も、意識不明である。そこで、乗客の場合は、所持品などから、身元を割り出すより、仕方がなかった。

乗客七人の中《うち》、二人は、地元の人間だった。残る五人の中《うち》、東京が四人、一人が、大阪で、観光客と、見られた。

捜査を指揮した熊本県警の伊知地《いじち》警部が、自分の手帳に、書きとめた名前は、次の通りだった。

足立秀夫《あだちひでお》（39）　高森町　死亡
竹村《たけむら》すみ（66）　〃　死亡

笠原《かさはら》　昭《あきら》（29）　東京都世田谷区《せたがやく》
江崎《えざき》みどり（22）　〃
平山《ひらやま》　透《とおる》（40）　〃　中野区《なかのく》　死亡
加東英司《かとうえいじ》（45）　〃　練馬区《ねりまく》　死亡
矢野幸二《やのこうじ》（50）　大阪市阿倍野区《あべのく》　死亡

井上　弘《ひろし》（45）　運転手

名前と住所は、所持品の中の運転免許証や名刺、キャッシュカードなどから、わかったものである。

この中、笠原昭と、江崎みどりは、井上運転手の証言によれば、カップルで乗って来て、二人で、沿線の風景を、カメラで、撮っていたという。

爆発し、焼《や》け焦《こ》げた車内から、三つのカメラが、見つかった。

一つは、完全に、こわれて、中のフィルムも、露光してしまっていたが、あとの二つは、多少、傷ついていたが、フィルムは、無事だった。

伊知地は、その二本のフィルムを、すぐ、現像させることにした。

その一方、住所が東京の四人については、東京の警視庁に、調べて貰《もら》うことにし、大阪の一人は、大阪府警に、調査を依頼した。もし、その五人の中に、強い恨みを持たれている人間がいるとすれば、犯人は、その人間を殺すために、車内に、爆薬を仕掛けたということが、考えられるのだ。

地元、高森町の二人と、井上運転手については、伊知地が、調べることにした。

井上運転手は、立野に、妻子と住んでいる。実直な人柄で、会社でも信頼されており、今までに、事故を起こしたことはなかった。

「多少、融通の利《き》かないところはありますが、それだけ、信用もされていますよ」

と、いうのが、彼を知っている人間の評価だった。

高森町の足立秀夫は、小さな旅館を、経営している。

彼の親の代からの旅館で、主として、高千穂へ抜ける観光客や、逆に、高千穂からやって来る人々が、泊まる。ただ、最近は、泊まり客が少なくなっていて、経営は、苦しいということだった。しかし、だからといって、何人もの人間を巻き添えにして、自殺は、図らないだろう。

もう一人の竹村すみは、未亡人で、息子夫婦と、暮らしていた。六十六歳だが、元気で、阿蘇町にある病院で、雑役係として働いている。気さくなおばさんとして、人気もあり、彼女が、誰かに恨まれていたとは、考えにくかった。

もう一つ、伊知地が、調べたのは、南阿蘇鉄道のことだった。ひょっとして、この会社への不満から、何者かが、爆薬を仕掛けたのではないかという疑惑も、持たれたからである。

国鉄時代、この線は、高森から、高千穂まで、レールを延ばし、高千穂線を通って、延岡《のべおか》まで、出られる予定だった。

しかし、高森――高千穂間が、出来ない中に、赤字線として、廃止されることになった。

廃止反対を叫ぶ、地元の人たちの要望にそって、第三セクターとして、再出発することになり、昭和六十一年四月一日、南阿蘇鉄道として、再出発した。

この会社に出資しているのは、沿線の自治体、高森町、白水村《はくすい》などである。また、民間の阿蘇南部農業協議会も、出資している。

熊本県は、赤字に対して、資金援助はしているが、直接、経営には、参加していなかった。

立野――高森間、十七・七キロ。駅の数は八駅、車両は、四両である。この他に、季節によって、トロッコ列車を走らせる。

運転本数は、一日二十二本。職員数は、十三人である。

十七・七キロと短く、途中に、上り下りが、すれ違う施設がないため、一方向にだけ走らせる方式がとられている。

下りが、終点まで走ったあと、上りが、引き返すという方式である。

ただ、朝の通学時刻などには、二両編成にしたり、上り或いは、下りにだけ、間隔を置いて、二両の列車を走らせたりもしている。

国鉄時代に比べて、赤字は、大幅に減っており、沿線の町が、出資して、古い駅舎も、次々に、新しくなっていて、評判もいい。

また、沿線住民の熱望で、存続したせいで、自分たちの鉄道という意識が強く、利用者が、爆破するなど、とても、考えにくかった。

（あとは、東京と、大阪から来ていた観光客の調査結果だな）

と伊知地は、思った。

大阪府警からは、すぐ、回答があった。

矢野幸三（死亡）は、大阪市阿倍野にある鉄工会社に勤めるサラリーマンである。

娘は、すでに、結婚している。妻は、三年前に死亡し、現在は、気ままな独り暮らしで、旅行好きだから、よく、休暇を取って、日本中を旅していた。

今回も、会社には、三日間の休暇届を出しており、娘夫婦にも、阿蘇へ行くと、話していた。出世コースから外《はず》れているが、その代わり、人に恨まれもしない。

大阪府警からの報告は、このようなものだった。

十六日の午後から、乗客の家族が、駈けつけて来た。

東京の警視庁からは、なかなか、回答が、届かなかったが、この日の夕方になって、回答の代わりに、警視庁捜査一課の十津川警部と、亀井刑事の二人が、突然、高森にやって来た。

3

終点の高森駅の待避線に、爆破された車両が、運ばれて来て、置かれていた。

十津川と、亀井が、まず、それを見たいといい、伊知地が、案内したのである。

十津川は、ひと眼みて、

「こりゃあ、ひどいな」

と、声をあげた。

窓ガラスが、全部、粉砕されているのは、もちろんだが、屋根にも、穴があき、座席も、吹き飛んでいた。そして、赤黒く変色した血痕《けっこん》が、点々と、ついている。

「三人だけでも、命をとり留めたのが、奇跡みたいなものです」

と、伊知地はいってから、

「この事件に、なぜ、警視庁が、興味を持たれたんですか？」

と、十津川たちに会った時から、疑問に思っていたことを、口にした。

「その件で、どこか、落ち着ける場所で、話したいのですが」

と、十津川は、いう。

「では、高森警察署に行きましょう。今、そこに、捜査本部を、設けましたので」

と、伊知地は、いった。

高森警察署に行くと、十津川は、まず、本部長に、あいさつした。

「こちらの捜査状況から、話して頂けませんか」

と、十津川は、いった。

「われわれは、南阿蘇鉄道、負傷した井上運転手、それに、死亡した地元の二人について、調べましたが、誰かに、恨まれているということはなかったという結論になりました。難しかったのは、不特定多数の乗客を相手にしている南阿蘇鉄道でした。沿線の住民には、強く支持されていますが、観光客の気持ちは、わかりませんからね。

しかし、会社宛《あて》に届いた手紙には、感謝の内容のものはありましたが、非難のものは、ありませんでした」

と、伊知地は、いった。

亀井が、肯《うなず》いた。

「私たちも、立野から、乗って来ましたが、車内のアナウンスも、丁寧だし、ワンマン運転の運転手の対応も、親切でしたよ」

「景色も、なかなかいいですね、水面上六十八メートルの第一白川橋梁《きょうりょう》は、高所恐怖症の私には、怖《こわ》かったですが」

と、十津川は、笑った。

「それで、さっきの話をして頂けませんか」

と、伊知地が、いった。

十津川は、笑いを消した表情になって、

「実は、乗客の中の加東英司という人間のことですが」

と、いった。

「ああ、四十五歳の男ですね。死亡していますが、十津川さんの知っている方ですか？」

「よく知っている男です。同じ捜査一課の現職の刑事です」

「本当ですか？　運転免許証しかなくて、わかりませんでしたが」

「非番で、旅行に出かけていたからでしょう。休暇届も出ています」

と、十津川は、いった。

「それなら、一般の観光客扱いで、いいんじゃありませんか？」

と、伊知地が、いった。

「確かに、その通りですが、加東は、迷宮入りの事件を、ひとりで、追いかけていた節《ふし》があるのです」

「迷宮入りの事件ですか？」

「二年前に起きた殺人事件です。若い女性が三人続けて、殺されましたが、急に、ぱたりと止《や》んでしまいましてね。犯人は、死亡したのではないかとも、思われている事件です」

と、十津川は、いった。

「しかし、加東さんが、果たして、その事件のことで、南阿蘇鉄道に乗ったか、どうか、わからんのでしょう？　純粋に、旅行を楽しむために、乗っていたのかも知れません。もし、そうなら、今度の爆破とは、無関係ということになりますが」

と、伊知地は、反論した。

十津川は、別に、逆らわず、

「その通りですが、彼は、家族には、四国へ行くと、いっていたんです。それだけではありません。高知と、松山《まつやま》のホテルを予約していたのです。ところが、彼は、四国には行かず、九州の南阿蘇鉄道に乗っていたのですよ」

と、いった。

「東京を出発されたのは、いつですか？」

「四月十四日の午後です。娘さんの話では、新幹線で、岡山へ行き、岡山から、瀬戸《せと》大橋をわたって、四国に入ることになっていたそうです。何の連絡もなかったので、てっきり、四国にわたったと思っていたそうです」

「四国のホテルは、キャンセルしてありましたか？」

「それが、してありませんでした。彼は、几帳面《きちょうめん》な男で、忘れてしまうことなど、考えられないのですよ」

と、十津川は、いった。

「キャンセルするのを忘れるほど、気になることが、あったということになりますか？」

「そう考えざるを得ないのですよ」

「なるほど」

「これは、推測ですが、十四日に、新幹線の中で、彼は、気になる人間に、出会ったんじゃないか。それも、例の連続殺人事件に関係のある人間にです」

と、十津川がいい、亀井刑事が、それに付け加えた。

「それで、彼は、その人間を尾行して、ここまで来てしまったのではないかと、思ったわけです」

「もし、その推測が、当たっているとすると、犯人は、加東刑事が尾行していた人間で、車内に、爆薬を仕掛け、他の乗客もろとも、加東刑事を、殺そうと、企《たくら》んだことが、考えられますね？」

「その通りです。だから、私は、亀井刑事と、やって来ました」

と、十津川は、いった。

若い警官が、三人にコーヒーをいれてくれた。

伊知地は、それを、口に運んでから、

「十四日の午後、東京から、新幹線に乗ったとすると、その日は、九州のどこかで、泊まっていますね」

「多分、福岡か、熊本のホテルだと、思っているのですがね」

「それは、われわれが、調べてみましょう。地元ですから」

と、伊知地は、いった。

「カメラが三つあったそうですが、フィルムは、現像したんですか？」

亀井が、きいた。

「一つは、使いものになりませんでした。他の二つに入っていたフィルムは、すぐ、現像し、引き伸ばしました」

と、伊知地は、いい、それを、十津川たちに、見せてくれた。

全部で、二十六枚だった。

しかし、車内風景を撮ったものは、二枚だけで、あとは、車窓か、あるいは、熊本阿蘇の景色だった。

その二枚には、若い男と、女が、写っていた。交代で、写したのだろう。

「そちらは、若いカップルのカメラのもので、ごらんのように、お互いに、撮り合っただけで、他の乗客は、写っていないのです」

と、伊知地は、肩をすくめた。

確かに、参考には、なりそうもなかった。他の乗客も、車内の様子も、この写真からでは、わからなかったからである。

「明日、爆破現場に、連れて行って、くれませんか」

と、十津川は頼んだ。

4

この日、十津川と、亀井は、高森にある旅館に、泊まった。

遅い夕食のあと、十津川と、亀井は、東京から持参した、二年前の事件の資料を、もう一度、読み直した。

一カ月の間に、三人の若い娘が、殺された事件である。一人は女子大生、あとの二人はOLだった。

全く、関係のない女性たちである。そのため、最初は、動機がわからず、容疑者の確定が、難しかった。

その後、変質者の犯行ということになってきて、何人かの容疑者が、あがったのだが、決め手に欠けて、事件は、迷宮入りしてしまったのである。

「死んだ加東刑事は、最初から、最後まで、犯人は、変質者ではないという考えでしたね」

　と、亀井が、いった。

「具体的に、彼が、追いかけていたのは、誰だったんだろう？　この調書の中には、出ていないんだが」

「私も、それは、聞いていません。しかし、彼に、一度、話を聞いたことがあるんです。あの事件は、われわれが、担当ではなかったので、内緒に、聞いたんですが」

「どういう話だったね？」

　と、十津川が、きく。

「具体的な名前は、いいませんでした。ただ、その男は、一見すると、平凡で、健康な人間で、犯人には見えないと、いっていました。もう一つ、友人、知人に、有力者がいるので、よほど、有力な証拠がないと、逮捕は出来ないとも、いっていました。彼が、上司に報告しなかったのも、一笑に付されると、思っていたからでしょう」

　と、亀井は、いった。

「今度、四国へ旅行に出かけて、新幹線の中で、彼は、その男を、見かけて、尾行したんだろうね」

「この南阿蘇鉄道まで、追いかけて来て、逆に、やられてしまったんでしょう」

と、亀井は、いった。が、

「しかし、相手は、爆薬を仕掛けて、レールバスから降りてしまったわけでしょう？とすると、犠牲者の中には、いないことになりますね」

「そういうことになるんだが――」

と、十津川は、肯いた。が、その肯き方には、ためらいがあった。

亀井は、変な顔をした。

「違いますか？　まさか、加東刑事を道づれにして、自分も、死んでしまったわけじゃないと思いますが」

「そうなんだがねえ」

「納得できませんか？」

「今日、立野から、終点の高森まで、実際に乗って来ただろう。それを、思い出してみたんだよ」

と、十津川は、いった。

立野を出ると、白川渓谷にかかる第一白川橋梁を渡る。水面上六十八メートルの高さである。

この辺りは、山間《やまあい》を走る鉄道の感じがしたが、そのあと、長いトンネルに入り、抜けたとたん、周囲は、平凡な水田に変わってしまった。白川の渓谷は、どこかに、消えてしまったのだ。

「ワンマン・カーで、駅は無人だから、料金は、運転手が、一人一人、受け取っていた」

と、十津川は、思い出しながら、いった。

「ええ。覚えています。運転手も、大変だなと、思いました」

「対応は、丁寧だったし、いちいち、乗客が降りてしまったのを確認してから、発車させていた」

「そうです。しかし、そのことが、今度の事件と、何か関係がありますか？」

と、亀井が、きいた。

「加東刑事が、ある人間を、追いかけて、あのレールバスに、乗ったとする。相手は、尾行に気付き、車両もろとも、爆破して、加東刑事を、殺そうと考えた。多分、座席の下か、網棚に、仕掛けたんだろう。そして、途中で、降りた。自殺は、嫌《いや》だからね」

「そうです」

「加東刑事は、その男を見張っていたわけだよ。相手が、降りたのに、なぜ、彼も、降りなかったんだろう？　運転手は、いきなり、発車はせず、いちいち、降りる客が、まだ、いないかどうか、確かめてからにしている。加東刑事は、ゆっくり、降りられた筈《はず》なんだよ」

と、十津川は、いった。

亀井は、眼を光らせて、

「なるほど、そうですね。相手が降りてしまったのに、尾行していた加東刑事が、のんびりと、車内に残っていたというのは、不自然ですね」

と、いった。

「そうなんだよ」

「犯人は、加東刑事を、殴《なぐ》るか、何かして、気絶させておいて、降りたんじゃありませんか？」

「それも、明日、調べてみよう」

と、十津川は、いった。

翌日、十津川は、朝食のあと、死体の解剖《かいぼう》をした熊本の大学病院に、電話をかけ、加東英司のことを、きいてみた。

解剖に当たった医者が、答えてくれた。

「死因は、頭を強打したことによると思われます。頭蓋骨《ずがいこつ》骨折ですね」

「他に、外傷はありませんでした？」

「他の外傷は、見つかりませんでしたよ」

と、医者は、いった。

すると、犯人が、加東を気絶させておいて、降りて、逃げたというのでは、無さそうだった。

(犯人を、なぜ、追わなかったのか？)

それが、最大の疑問で、いくら考えても、答えが、見つからなかった。

午前十時に、伊知地が、車で、迎えに来てくれた。

「東京の若いカップルは、まだ、意識が戻りませんか？」

と、十津川は、車の中で、きいてみた。

「熊本まで運んで、向こうの病院で、治療しているんですが、まだ、意識不明です。早く、意識が、戻って、欲しいんですがね」

伊知地は、口惜《くや》しそうに、いった。

「犯人は、多分、阿蘇白川で、降りたと思うのですが、聞き込みで、何かわかりましたか？」

と、亀井が、きいた。

「われわれも、犯人は、阿蘇白川で降りたと思っています。白川を出てすぐ、爆発が、起きていますから。それで、この駅で、降りた乗客の中に、怪しい人間がいないかどうか、聞き込みをやっています。何しろ、無人駅ですし、目撃者も、なかなか、見つからないのです。二人降りて、一人乗ったことだけは、わかったんですが」

と、伊知地は、いった。

その乗った一人が、死亡した高森町の男で、運が悪いとしか、いいようがないとも、伊知地はいった。

現場近くに、車を止め、三人は、線路に向かって、歩いて、行った。

「この少し先、駅寄りに、短い鉄橋があります。もし、その上で、爆発が起きていたら、車両は、転落して、一人も、生存者が無かったと思いますね」

伊知地は、阿蘇白川の方向を指さして、いった。

なるほど、三十メートルほど先に、短い鉄橋があり、七、八メートル下を、白川が、流れている。ここで、爆発があれば、間違いなく、谷底に、転落していたろう。

「爆薬は、何が使われたかわかりましたか？」

と、十津川が、きいた。

水田を、なめるように、風が、吹いてくる。暖かい、春の風である。

「まだ、調べているんですが、ダイナマイトらしいということです。それに、タイマーをつけたと、思われます」

と、伊知地が、いう。

「爆発は、車両の中央部あたりで、あったようですね。こわれ方が、一番、激しかったから」

と、十津川が、いった。

「消防も、そういっています。運転手が、助かったのは、一番、離れた位置にいたからだと、思います。それに、若いカップルが、何とか助かりましたが、この二人は、どうも、一番、車両の前にいて、景色を見ていたからのようです」

と、伊知地は、いった。

三人は、車に戻り、阿蘇白川駅に、向かった。

ホームは、長いのだが、駅舎は、メルヘンチックで、小さかった。

駅の外に、レンタル自転車が、並んでいた。

犯人が、もし、ここで降りたとすると、そこから、何処《どこ》へ行っただろうか？

南阿蘇鉄道は、脱線転覆したことによって、三時間にわたって、不通になったという。単線だから、上り、下りのどちらかを使ってというわけに、いかないのだ。

と、すれば、犯人は、もう一度南阿蘇鉄道を使うことは、出来なかった筈である。

レンタル自転車を、使ったのだろうか？

しかし、借りる時、顔を覚えられてしまう。

（歩いたのかな？）

と、十津川は、思った。

天気は良かったし、時刻も、午後一時半を過ぎたばかりである。

歩いたということは、十分に、考えられるのだ。

「この先に、阿蘇登山道路の入口があります。登って行くと、垂玉《たるたま》温泉に着きます。この阿蘇白川から、バスも出ていて、二十分で行けます。歩いても、二、三時間で、行けると思います」

と、伊知地が、いった。

「その先は？」

と、亀井が、きいた。

「いろいろと、行き先は、あります。中岳《なかだけ》火口を通って、豊肥本線の阿蘇駅にも出られますし、やまなみハイウェイにも出られます。バスが、いくらでも、走っていますから」

「バスで、立野に戻ることも、出来そうです」

と、亀井が、いった。

南阿蘇鉄道に、並行して、国道が走っている。当然、バスも、運行されている筈なのだ。

「犯人が、どんな人間なのか、男か女かもわからないのでは、聞き込みが、難しいですね」

と、伊知地は、難しい顔で、いった。

十津川と、亀井は、伊知地が、出してくれた阿蘇周辺の地図を、見つめた。

世界最大級のカルデラ式火山というだけに、火口丘は、広大である。

その中に、温泉が点在し、登山道路が走り、ホテル、旅館が、あちこちに、集まっている。バス、レンタカー、タクシー、それに、レンタル自転車もある。

伊知地のいう通り、男か女かもわからない犯人を、追いかけるのは、絶望に近い。

それに、阿蘇白川で、降りたと思っているが、もっと、手前で、降りたかも知れないのだ。時限装置がついていれば、どこで降りても、爆発する時間は、調節できるだろう。

「少し歩きたいので、先に、帰って頂けませんか」

と、十津川は、急にいった。

「何処へでも、お連れしますよ」

と、伊知地がいうのを、無理に、先に帰って貰い、十津川は、亀井と、国道に沿って、ゆっくりと、歩き出した。

歩くことより、考えることが、目的だったから、時々、国道を外れて、水田の畔《あぜ》を歩いたりした。

草むらに、腰を下ろしたりもした。

「さっきいったことが、どうしても、気になってね」

と、十津川は、いった。

「犯人が降りたのに、なぜ、加東刑事が、続いて、降りなかったかと、いうことですか?」

「そうだ。それに、犯人の使ったダイナマイトのことがある」

「入手経路ですか?」

「それもあるが、なぜ、そんなものを、犯人が、持ち歩いていたかだよ」

と、十津川は、いった。

加東刑事は、四国へ行くといっていたのだから、突然、九州へ行くことにしたのは、偶然、迷宮入り事件の容疑者を、見つけたからだろう。

と、すれば、犯人が、加東刑事を殺すために、最初から、ダイナマイトを持ち歩いていたとは、考えにくい。

「考えられるのは、二つだよ。九州へ入ってから、加東刑事につけられているのに気付き、彼を殺そうと考えて、ダイナマイトを手に入れたか、或いは、最初から、別の目的で、ダイナマイトを、持っていたということだ」

と、十津川が、いうと、亀井は、

「九州へ入ってから、急に、ダイナマイトを、手に入れるのは、大変だと思います。それに、加東刑事に、尾行されているのに気付いて、彼を消そうと考えたとき、ダイナマイトでという考えは、浮かんで来ないかも知れませんね。ナイフを買うでしょう、多分。さもなければ、スパナのような、殴れるものを、買うと思いますね」

「そうだろう。ダイナマイトで殺すというのは、とっさには、浮かんで来ない筈だよ。だが、犯人は、ダイナマイトを、使ったんだ」

「どう考えたら、いいんでしょうか？」

亀井は、十津川を見た。

「それを、カメさんにも、考えて貰いたいんだ。なぜ、犯人が、ダイナマイトを使ったか、なぜ、加東刑事が、犯人の後を追わず、車両の中に残っていたのか、この二つの疑問の答えを見つけたいんだよ」

と、十津川は、いった。

二人は、高森に向かって、引き返し始めた。

歩きながら、相変わらず、二つの疑問を、考え続けた。

高森警察署が、近づいたところで、二人は、喫茶店に入った。何とか、答えを見つけてから、戻りたかったからである。

小さいが、洒落《しゃれ》た造りの店で、観光客らしい若いカップルが、いるだけだった。

コーヒーを、ブラックで飲みながら、十津川は、いくつかの答えを考えてみた。

加東刑事は、粘り強い性格である。だからこそ、迷宮入りが囁《ささや》かれる事件に、食いさがっていたのだ。

また、尾行の名人ともいわれている。その男が、阿蘇まで追いかけて来たのである。

相手が、レールバスから降りたのに、ぼんやりと、座席に、残っている筈がない。

それなら、犯人は、車内に残っていて、自らも、死んだのだろうか？

それも、考えにくいのだ。

「一つだけ、答えがあるよ」

と、十津川は、苦いコーヒーを、口に運びながら、いった。

「私も、考えましたが、ちょっと、変わった答えなので――」

と、亀井が、遠慮がちに、いった。

「まず、カメさんの答えを聞きたいね。多分、私と同じだと思うよ」

と、十津川は、いった。

「加東刑事は、食いついたら、離れない男です。従って、彼が、車内にいたということは、尾行していた人間も、車内に残っていたということになります」

亀井は、ゆっくりと、いった。

「それで？」

「だが、レールバスは、爆破されました。何者かが、ダイナマイトを仕掛けたわけです。加東刑事が尾行していた人間が、仕掛けたとは思われません。自殺するにしても、大仕掛けすぎますし、加東刑事が、気付いたと思われるからです。となると、考えられるのは、ダイナマイトを仕掛けた人間は、別人ということになって来ます。ちょっと、おかしなことになって来ますが」

「いや、おかしくはないよ」

十津川は、微笑した。

「じゃあ、警部も、同じ考えですか?」

「他に、考えようがないからね。多少、不自然でも、これが答えだと思っている」

「すると、どういうことになりますか? 加東刑事が、間違った相手を、尾行していたことになりますか?」

と、亀井が、きいた。

十津川は、手を振って、

「カメさんは、加東刑事を、よく知っているんだろう? 彼が、ミスすると、思うかね?」

「いや、思いません」

「それに、彼が、ミスしていたのなら、犯人は、爆破なんかしないさ。ミスさせておけばいいんだから」

「そうすると、死んだ乗客の中に、加東刑事が、尾行していた人間が、いることになりますね?」

「その通りだよ。助かったアベックも含めて、東京から来た乗客の中に、いると思っていい。東京の西本刑事たちが、調べているから、何かわかる筈だ」

と、十津川は、いった。

5

高森警察署に戻ると、伊知地警部が、十津川たちに、

「加東さんの娘さんが、来ています」

「ひろみさんが？」

と、きき返したのは、亀井である。

そのひろみは、二十二歳だった。亡くなった父親に、顔立ちが、よく似ていた。

父の遺体に会って来たところだと、ひろみは、いった。

「亀井さんが、何か、父が、メモしたものでもあれば、見たいと、おっしゃっていたので、手帳を、持って来ました」

ひろみが、差し出したのは、警察手帳ではなく、市販の手帳である。自分の個人的な心覚えということで、市販の手帳にしてあったのかも知れない。

十津川と、亀井は、その手帳のページを、繰《く》っていった。

日記になっている手帳だったが、中に書かれていることは、日付けを無視して、例

の事件のことだけだった。

市販の手帳に、書きとめたのは、多分、捜査方針と違った方向に、加東が、事件を、考えていたからだろう。

手帳の中に、しきりに、T・Hというイニシャルが出てくることに、十津川は、まず、気がついた。

どうやら、加東刑事は、この人間に、眼をつけ、ひとりで、調べていたらしい。

その尾行の記録も、つづられていた。

T・Hの経歴も、書き込んであった。それによると、この人間の経歴は、次の通りらしい。

現在、大手銀行の貸付課長補佐をしている。商業高校を出たあと、この銀行に入ったノン・キャリア組である。

生真面目《きまじめ》な男で、仕事一途だが、そのために、二年前に、離婚している。子供はいない。

かなり、ストレスが、溜《た》まっているものと思われる。一度、深夜、帰り道のOLを襲って、捕まったが、酔っていたのと、初犯ということで、釈放され、銀行には、連絡されなかった。

中学、高校時代は、平凡で、目立たない生徒だった。口数が少ないせいで、友人は、少なかった。

別れた妻とは、見合いである。見合いをすすめたのは、銀行の上司で、この結婚は、失敗だったと思われる。彼が、無口で、地味な性格なのに対して、妻は、派手《はで》好みで、騒ぐことが、好きだったからである。完全な、妻主導で、彼は、九年間、引き廻されたようだが、それでも、なかなか、別れられなかったのは、上司の紹介で決まった結婚だったからだろう。

「T・Hに合うのは、平山透。四十歳だね」

と、十津川は、いった。

「そうです。この男だけです」

「加東刑事は、この平山透を、尾行して、阿蘇まで来たのか」

と、十津川は、いってから、東京に、残っている西本刑事に、電話をかけた。

「まだ、全員の調査が、終わっていませんが」

と、西本がいうのへ、

「いや、平山透という男のことだけで、いいんだ。この男のことは、調べたかね？」

「それなら、だいたいの調査は、すみました」

と、西本が、いう。

「じゃあ、どんな男か話してくれ」

「M銀行四谷《よつや》支店で、働いている男です。貸付課の課長補佐です」

「やはりね」

「商業高校を出て、すぐ、M銀行に入りまして、二十年余りです。課長補佐ですが、キャリアの課長なんかより、仕事のことをよく知っているので、実務は、この平山が、握っていました」

「課長になる予定はあるのかね？」

「それですが、去年、なる予定だったらしいんですが、なぜか、課長補佐のままです」

「理由は、何なんだ？」

「今、調べていますが、どうも、不正融資の責任をとらされたんじゃないかと思われます」

「その点を、詳しく、調べてみてくれ」

と、十津川は、いった。

十津川に、代わって、亀井が電話に出て、

「二年前の連続殺人のとき、この平山透が、容疑者の一人として、浮かんで来ていなかったのかね？」

と、きいた。

「あれは、青山組《あおやま》が、扱った事件ですが、加東刑事ひとりが、彼の名前をあげていたようです。しかし、結局、証拠なしということで、消えました」

「なぜ、加東刑事は、平山透を、マークしたんだろう？」

「それが、よくわからないのです。どうも、理由は、いわなかったようで、それも、上の方で、彼の意見が入れられなかった理由のようです」

と、西本は、いった。

「平山は、なぜ、阿蘇へ来ていたんだろう？」

と、十津川が、きいた。

「銀行には、四日間の休暇届が出ていますが、その届けには、旅行のためとしか、書かれていません。ただ、平山の郷里は、九州の熊本ですので、その線かも知れません」

「熊本市内かね？」

「市内ですが、両親は、すでに、亡くなっていますし、家もありません」

「高校も、熊本かね？」

「そうです」

「すると、その頃《ころ》、彼が、阿蘇へ、遊びに行っていたことは、あり得るわけだね？」

「そう思います」

と、西本は、いった。

とにかく、加東刑事が、平山透を、追って、阿蘇へ来たことは、間違いなくなったと、十津川は、思った。

十津川は、そうした全てのことを、伊知地に話した。

伊知地は、真剣に、聞いていたが、

「すると、今度の事件は、何者かが、加東刑事と、平山透の二人を殺そうと、ダイナマイトを、仕掛けたことになりますか？」

と、十津川に、きいた。

「そう考えていいと、私は、思っていますが」

「熊本市内に住んでいた頃の平山透のことを、調べてみましょう」

と、伊知地は、いった。

まず、熊本の方から、調査の結果が、出た。

「面白いことが、わかりましたよ」

と、翌日、伊知地が、いって来た。

「どんなことですか？」

と、十津川が、期待して、きいた。

「高校時代、平山は、ひとりで、よく、阿蘇へ行っていたようです。友人とではなく、ひとりでです」

「すると、国鉄時代の南阿蘇鉄道も、よく利用していたわけですね？」

「そうだと思います。それから、高森駅から車で、七、八分のところに、ペンションを建築中です。温泉付きの」

「それは、面白いですね」

と、十津川は、いった。

「今年の秋には、完成する予定で、土地代など、全て含めて、一億二千万円ということでした。かなり大きいペンションです」

「それが、出来たら、平山は、銀行をやめて、ペンションのオーナーにおさまる気でいたのかも知れませんね」

と、亀井が、いった。

十津川と、亀井は、伊知地に、そのペンションへ、案内して、貰った。

ペンション村や、国民休暇村のある辺りで、今はやりのテニスコート、乗馬センターも、近くに、あった。

平山が、建てているペンションは、ペンション村の一角にあった。木造二階建てで、外観はすでに、出来あがっていた。

メルヘン風の白い建物である。

建築に当たった会社に、聞くと、平山は、土地代金を含めて、一億円分を、一回で、払ったということだった。

「平山の実家は、資産家だったんですか？」

と、十津川は、伊知地に、きいた。

「いや、平凡なサラリーマンの家庭だったようです。勤務先のM銀行から、一億円を、融資して貰ったんじゃありませんかねえ」

「しかし、一億円も、貸し出すかね」

と、十津川は、首をかしげた。

夜になって、西本刑事から、電話があった時、そのことを、聞いてみた。

「それは、恐らく、平山が、不正融資した相手から、リベートとして、受け取ったんじゃないかと、思います」

と、西本はいった。

「一億円もかね？」

「何しろ、不正融資の金額は、六十億円を超えているんです」

「それだけの金額を、特定の相手に、融資したのかね？」

「そうです」

「しかし、それだけの融資だと、支店長の判が必要なんじゃないのかね？」

「そうなんですが、支店長が若い男で、エリートコースなんですが、実務にうといんです。それで、実務二十年の平山に委《まか》せてしまい、今になって、あわてているというところです」

「不正融資の相手は？」

「M銀行の方で、なかなか、話してくれないので、苦労しましたが、K興産という会社とわかりました。輸入品の販売をやっている会社だということですが、本当のところはわかりません。何しろ、今は倒産して、社長も、行方不明ですから」

「倒産ねえ」

「西新宿《にししんじゅく》のビルにあった会社です。従業員が二十五、六名。同じビルの人たちに聞いても、得体《えたい》の知れない会社だったそうです」

「なぜ、そんな会社に、平山は、六十億もの融資をしたんだろう？　すぐ、焦げつくことは、わかっているのに」

と、十津川は、きいた。

「それなんですが、K興産に、融資が始まったのは、二年前からです」

「つまり、例の連続殺人が、起きた頃ということか？」

「そうなんです。五億、十億と、貸しつけていって、六十億です」

「相手は、平山が、連続殺人事件の犯人と知って、脅迫したということかな？」

「そう思います」

「しかし、会社は倒産し、社長は、行方不明じゃ、どうしようもないな。行方は、わからないのかね？」

「今、社長や、幹部の写真を集めています。そちらへ送りますか？」

「いや、私とカメさんも、明日、東京へ帰るよ」

と、十津川は、いった。

事件の根は、東京にあることは、明らかだった。

次の日、十津川と、亀井は、急遽《きゅうきょ》、東京に帰った。急ぐので、熊本空港から、飛行機に乗った。

羽田に着いたのは、午前九時半である。

空港には、西本と日下の二人が、車で、迎えに来ていた。

西本が、車の中で、十津川と、亀井に、三枚の写真を、見せた。

「これが、例のK興産の社長と、幹部の写真です」

「全員が、行方不明なのかね？」

十津川は、写真を見ながら、きいた。

「いえ、社長は、行方不明ですが、幹部二人は、現住所も、わかっています」

と、西本がいった。

社長　　藤原《ふじわら》茂《しげる》（52）
副社長　林田《はやしだ》秀雄《ひでお》（38）
総務部長　久保《くぼ》恭《やすし》（40）

これが、三枚の写真につけられている名前と肩書きである。

「林田と、久保の二人は、六十億円の融資について、どういっているんだ？」

と、十津川は、写真を見ながら、きいた。

「K興産は、藤原社長のワンマン会社で、全て、社長がひとりでやっていて、融資のことは、全く知らなかったと、いっています」

「今、二人は、何をやってるんだ？」

「二人で、不動産会社を作っています。日本中を飛び廻《まわ》っているそうで、南阿蘇鉄道の事件の時は、二人とも、東京を離れていたことを認めましたが、阿蘇には、行っていないと、主張しています」

「四月十五日に、何処へ行っていたと、主張しているんだ？」

「林田と久保は、二人とも関西と、いっています」

「それは、証明されているのかね？」

「一応、大阪のホテルに、十四、十五、十六日と、三日間泊まっています」

「一応というのは？」

「二人で、ツイン・ルームを借りていますから、一人が、抜け出していても、わからないわけです」

と、西本は、いった。

警視庁に着くと、十津川は、二年前の連続殺人事件と、K興産への不正融資の関係を、調べることにした。

不正融資については、西本と、日下が、調べてくれていた。

連続殺人の件は、次のように、起きていた。

五月二十日　沢井《さわい》ゆか（24）　OL
六月五日　魚住夕子《うおずみゆうこ》（21）　学生
六月二十一日　沼田夏子《ぬまたなつこ》（25）　OL

これが、殺された三人の女性である。ほぼ半月間隔で、殺されていた。

そして、K興産への融資は、同じ年の七月に、第一回が、行われていた。

「この三人目の殺しを、目撃したのかも知れないな」

と、十津川は、いった。

この殺人について、十津川は、調書を調べてみた。

沼田夏子は、東京駅八重洲口《やえすぐち》に本社のある商社に勤めていて、自宅は、中野区本町《ほんちょう》のマンションである。

この日、彼女は、新宿で、女友だちと映画を見、ちょっと飲んで、帰宅した。

夜の十一時少し過ぎに、自宅マンション近くで、背中を刺されて、殺された。

彼女は、東京の会社まで、中央線で通っていて、この夜も、新宿から、中央線に、乗っている。

一方、平山も、四谷から、中央線で、自宅の中野に、帰っていた。

多分、平山は、中央線の車内で、獲物を物色し、尾行して、殺したのだろう。

それを、K興産の三人の誰が、目撃したのか？

「この三人の住所を、教えてくれ。二年前のだ」

と、十津川は、いった。

日下が、メモを見せた。

藤原　茂　　三鷹《みたか》市井《い》の頭《かしら》
林田秀雄　　中野区本町
久保　恭　　豊島《としま》区北大塚《きたおおつか》

「林田が、同じ中野か」

と、十津川が、呟《つぶや》いた。

「彼も、この時は、中野のマンション暮らしでした」

と、日下が、いう。

「場所は、沼田夏子のマンションに近いのかね？」

「同じ本町になっていますから、近いと思います」

「それなら、偶然、この殺人を、目撃した可能性は、あるわけだね」

「あります」

「現在、林田は、どこに住んでいるんだね？」

「四谷のマンションです。面白いことに、K興産への第一回の融資が行われた直後、林田は、その四谷に引っ越しています」

「高いマンションかね？」

「億ションですよ」

と、日下が、笑った。

「社長の藤原を含めて、その三人は、どんな連中なんだ？」

と、十津川は、西本と日下の二人にきいた。

「一言でいえば、得体の知れない男たちです。三人とも、サギの前科があります」

「どんなサギなんだ？」

「いわゆる取り込みサギです。三人で、会社を作り、どんどん、品物を取り寄せては、それを安く売り払って、ドロンを決め込むといったやつです。月末になって、代金を請求する頃には会社は、消えてしまっているという、典型的な取り込みサギです」

「じゃあ、ずっと、三人で、組んでやっていたわけか？」

「そうです」

「藤原が、ずっと、社長役をやっているのかね？」

亀井が、きくと、日下は、

「そうです。写真を見れば、すぐわかりますが、三人の中で、藤原が、一番、恰幅《かっぷく》がよく、いかにも、社長然としています。それで、社長役をやって来たんだと思います」

「実際は、どうなんだ？」

「藤原が、行方不明なので、はっきりしたことは、わかりませんが、どうも、実際の権力は、他の二人が、持っていたような気がします」

「会ってみたいね」

と、十津川は、いった。

6

十津川と、亀井は、その日の午後、四谷に、林田を訪ねた。

億ションといっても、この辺りでは、部屋はそう大きくない。２ＬＤＫである。

林田は、にこやかに、十津川たちを、迎えた。

「藤原社長の行方は、まだ、わかりませんか？」

と、十津川は、まず、その質問から始めた。

「残念ながら、わかりません。私も、必死で、探しているんですがね」

「なぜ、必死で、探しているんですか？」

「決まってるじゃありませんか。Ｍ銀行から、借りた金は、全て、社長が、持ち去ってしまったんですからね。一刻も早く、出て来て、始末をつけて欲しいですよ」

「六十億の融資を、受けていたというのは、本当ですか？」

と、十津川が、きくと、林田は、肩をすくめて、

「そんな金額のことも、全く知りませんでしたよ。とにかく、資金繰りのことは、全て、社長に委せて、いたものですからね」

「藤原社長の一存で、行われたことというわけですか？」

「そうです」

「六十億も融資を受ければ、急に、資金繰りが楽になったと思うんですがね。変に思わなかったんですか？」

「いや、うちの会社は、いつも、資金繰りに困っていましたからね。つまり、六十億の金は、社長が、自分のフトコロに入れてしまっていたということですよ」

　と、林田は、いった。

「平山という男を、知っていますか？」

　と、十津川は、きいた。

「誰ですか？　それは――」

「K興産に、六十億の融資をしたM銀行四谷支店の貸付担当です」

「なるほど。それなら、社長は、よく知っているでしょうが、私は、知りませんね。会ったこともありません」

「沼田夏子というOLは、どうですか？」

「それも、M銀行の人ですか？」

　と、林田は、眼を、ぱちぱちさせた。

十津川は、苦笑しながら、

「いや、商社に勤めるＯＬですよ」

「それなら、私には、関係ない」

「二年前の六月二十一日の夜、彼女は、中野区本町のマンションに帰る途中で、殺されましてね。例の連続殺人の被害者の一人なんですよ」

「そうですか」

「それだけですか？」

「それだけかって？　私は、犯人じゃないし、関係ありませんよ」

「本当に、それだけの感想ですか？」

十津川は、意地悪く、重ねて、きいた。

「関係ないんだから、仕方がないでしょう」

林田は、むっとした顔で、十津川を、睨《にら》んだ。

「この頃、あなたも、中野のマンションに住んでいたんじゃありませんか？　しかも、同じ中野区本町のマンションです。私は、別に、あなたを、犯人とは、思っていませんが、ああ、同じ地区のマンションに、その頃、私も住んでいたんですよといった言葉を、聞きたかったんですがねえ」

と、十津川は、いった。

一瞬、林田の顔色が、変わった。が、すぐ、元の表情に戻ると、

「なるほど。いわれてみると、同じ、中野に私も、住んでいたんでしたねえ」

「実は、平山というM銀行の貸付係ですが、二年前の中野の殺しの容疑者だったんですよ」

「――――」

急に、林田は、黙ってしまった。下手《へた》に、肯いたりすると、まずいと、思ったのだろう。

「ところが、四月十五日に、阿蘇で、殺されたんですよ。南阿蘇鉄道のレールバスに乗っていましてね」

「それが、私と、何か関係があるんですか？」

「ダイナマイトで、車両ごと、吹っ飛ばされたんですよ。犯人は、平山を殺すために、他の乗客も、殺したんです」

「ちょっと、待って下さい。何のために、そんな話を、私にするんですか？」

と、林田は、口をとがらせた。

「あなたが、犯人を、知っているんじゃないかと、思いましてね」

「私が？　とんでもない。知らない男を、なぜ、私が、殺すんですか」

「六十億の融資にからんで、殺されたに違いないですからねえ」

「それなら、うちの社長が、怪しいんじゃありませんか。六十億を独《ひと》り占《じ》めにして、姿を消してしまったんだから」

　と、林田は、いう。

「それは、おかしいんじゃありませんか。姿を消しているんなら、わざわざ、殺人を犯して、騒ぎを起こす必要はないと思いますがねえ」

　十津川が、皮肉を籠《こ》めていうと、林田は、複雑な表情を見せて、

「何となく、そう思ったんですよ。揚げ足は、取らないで下さい。これでも、警察に、協力しようとしているんですから」

「本当に、協力してくれますか？」

「市民の義務ですからね」

「それなら、われわれと一緒に、阿蘇へ行って、南阿蘇鉄道に、乗って頂けませんかね」

　と、十津川は、いった。

　林田は、身構える姿勢になって、

「なぜ、そんなことをしなければいけないんですか?」

「四月十五日に、爆破されたレールバスですが、乗客五人は、死にましたが、奇跡的に、助かった人が、三人いるんですよ。その三人に、聞いたところ、爆発する前に、あわてて降りた男が、一人いたというのです。その男の人相を聞くと、あなたに、よく似ているんですよ」

「私じゃありませんよ」

「そうかも知れませんが、一度、あなたに、レールバスの中で、その三人に、会って貰いたいのですよ。実際に、あなたを見れば、違うかどうかも、はっきりすると、思いますのでね」

と、十津川は、いった。

林田の眼に、迷いの色が浮かんだ。明らかに、OKしたらいいのか、それとも、拒否したらいいのか、迷っているのだ。どちらが、疑われずにすむかを、秤《はかり》にかけている感じだったが、

「時間に余裕があれば、喜んで、協力しますが、今は、仕事が忙しいんですよ。申しわけないが」

と、いった。

「その時が来たら、連絡して下さい。すぐ、阿蘇へ行きたいのでね」

と、十津川は、いった。

7

そのあと、十津川は、もう一人の久保には、会わず、警視庁に戻った。

「あの林田が、犯人だよ」

と、十津川は、自信を持って、いった。

「私も、そんな感じを持ちました」

と、亀井も、いう。

「一緒に、阿蘇へ行ってくれといったら、奴《やつ》は迷っていた。シロなら、冗談じゃないといって怒るか、協力するというか、どちらかだ。ところが、奴は、こっちの顔色を見ていた。弱味のある証拠だよ」

「これから、どうしますか？　向こうへ連れて行っても、レールバスの運転手は、覚えているかどうかわからないし、若いカップルは、いぜんとして、意識不明ですよ」

「少し、インチキをするか——」

「どんなインチキですか?」

「爆破犯人のモンタージュを作るんだ」

と、十津川は、いった。

亀井は、変な顔をして、

「どうやって、作るんです? 目撃者もいないのに」

「これを、参考にして、作るさ」

十津川は、林田の写真を、亀井の前に押し出した。

亀井が、笑った。

「なるほど。ちょっとしたインチキですね」

担当の刑事を呼び、林田に似たモンタージュを作った。

わざと、それをコピーしたものを持って、十津川と亀井は、翌日、もう一度、林田を訪ねた。

「昨夜、熊本県警から、ファックスで、送って来たものです。三人の目撃者の証言によって、作った爆破犯人のモンタージュです。あなたに、よく似ているでしょう?」

十津川が、いうと、林田は、ちらりと、見て、すぐ、視線をそらして、

「そうですかねえ。私は、似ているとは、思わないが」

「いや、よく似ていますよ。私があなたのことを、熊本県警に知らせたら、飛んで来るでしょうね」

「飛んで来て、どうするというんですか？」

「もちろん、あなたを、熊本へ連れて行って、三人の目撃者に、面通《めんとお》しをさせるでしょうね」

と、十津川は、まっすぐに、林田を見つめて、いった。

林田は、顔を赤くした。

「警察は、顔が似ているというだけで、逮捕するんですか？」

「警察の人間も、いろいろですからね。モンタージュそっくりなら、容赦なく、逮捕するのも、いるんですよ」

と、十津川は、脅《おど》した。

林田は、腕時計に眼をやった。

「用事があるので、そろそろ、帰って頂けませんかね」

「また来ますよ」

と、十津川は、いい、亀井を促して、立ち上がった。

外に出ると、待っていた西本と日下の二人に、

「しっかり、監視してくれ」

「林田は、動きますか？」

「脅しておいたからな。動くと思ってるよ」

と、十津川は、いった。

動く可能性はある。だが、どう動くかは、十津川にも、わからなかった。

十津川は、警視庁に帰ると、すぐ、熊本の伊知地に、電話をかけ、林田のことを、詳しく、話した。

「そちらに、無断で、犯人のモンタージュを作ったことを、お詫《わ》びします。何とか、犯人を、罠《わな》にかけたくて」

「林田という男は、本当に、犯人なんですか？」

「私は、そう思っています」

十津川は、そんないい方をした。

「もし、犯人とすると、彼は、こちらの三人の生存者に、目撃されていると、信じているわけですね？」

「その通りです」

「しかし、本当は、運転手は、見ていないし、若いカップルは、まだ、意識を取り戻していませんが――」

「わかっています」

「もし、林田が、こちらへやって来たら、どうしますか?」

「林田が、犯人としてですが、われわれの罠にはまってくれれば、目撃者三人の口を封じようとして、そちらに行くと思います。行った場合に、嘘《うそ》がばれてはまずいので、ニセの目撃者を、作っておいてくれませんか」

と、十津川は、いった。

「ニセですか?」

「そうです。運転手と、若いカップルのニセ者です」

「しかし、危険な役目ですから、人選が――」

「そうですね。では、こちらで、作りましょう。あの若いカップルは、東京の人間ですから、こちらでニセ者を作るのが、いいかも知れません。すぐ、二人を、そちらへやりますから、本物のカップルと、すりかえて下さい。運転手は、そちらで、お願いします」

「わかりました」

と、伊知地は、肯いたが、

「心配が一つあります。林田が犯人なら、同じ車両に乗っていたことになります。だとすると、運転手や、あの若いカップルの顔を覚えていて、ニセ者と、見破るんじゃありませんか？」

「その点は、大丈夫だと思っています。犯人は、きっと、平山と、平山を尾行していたうちの加東刑事だけを、見ていた筈だからです。他の乗客を見たとしても、注意深くは、見てない筈ですよ」

「それが、乗客の顔写真が、新聞に出てしまっています。犯人は、きっと、その顔写真を見て、こちらに、やってくると、思いますが」

「ああ、そうか——」

と、十津川は、舌打ちしたが、すぐ、考え直して、

「大変な爆発だったわけだから、顔や頭に怪我《けが》をしていて、包帯を巻いていることにして下さい。こちらも、なるべく、若いカップルに似た男女を見つけて、そちらに、行かせます」

と、いった。

十津川は、ひそかに、問題のカップルに似た若い男女の警官を、探した。

見つかったのは、新宿署の三十歳の男の警官と、世田谷署の二十二歳の婦人警官で

ある。

確かに、若いカップルの顔写真に、よく似た男女だった。

十津川は、二人に、事情を説明して、すぐ、阿蘇へ出発させた。

その日の夕方になると、熊本県警の伊知地警部から、電話が、あった。

「本物のカップルは、まだ、熊本の総合病院に入院中ですが、それを退院したことにして、二人の警官には、高森のホテルに入って貰いました。こちらの温泉で、しばらく、リハビリをして貰うということになっています」

「二人とも、うまく動いていますか？」

心配になって、十津川は、きいた。

「大丈夫です。熊本の病院には、もちろん、了解をとりましたが、高森のホテルの方は、はじめから、あのレールバスの生き残りの乗客といってあります。疑っている者は、いません」

「運転手は、身代わりが見つかりましたか？」

「探したんですが、見つかりませんし、井上運転手が、自分の手で、犯人を捕まえたいといって、危険を承知で、動いてくれることになりまして、同じホテルで、同じく、リハビリをするということにしてあります」

「こちらの二人は、包帯をしているんですか？」

と、亀井が、きいた。

「頭に包帯して貰っています。爆発の時、本物は、頭に怪我していますから」

「なるほど」

「それで、林田の動きは、どうですか？」

「まだ、これといった動きは、ありません。しかし、もう一人の久保と、しきりに、会っていますね」

「二人が、こちらにやって来る可能性もありますか？」

「それは、林田と、久保が、どの程度の関係かということになりますね。多分、この二人は、六十億円を、藤原社長が、ひとりで懐《ふところ》に入れたことにして、消してしまい、二人で、山分けしたんだと思いますが、そうした共犯関係にあるなら、今度も、一緒に、移動するでしょうね」

と、十津川は、いった。

「南阿蘇鉄道の爆破も、二人でやったと思われますか？」

「二人は、その時、大阪のホテルに、前後三日間、宿泊していて、これが、アリバイになっています。恐らく、二人で、しめし合わせて、アリバイを作り、一人が、レールバスに乗ったと思います。とすれば、今度も、同じ方法で、アリバイ作りをして、一人が高森へ行くのではないかと思います」

と、十津川は、いった。

彼の予想どおり、林田と、久保が動き出したのは、その翌日だった。

二人で、新幹線に乗り、関西へ出発したのだ。

十津川は、彼等の尾行を、西本と日下の二人の刑事に委せ、自分は、亀井と、一足先に、飛行機で、熊本に向かった。

8

熊本に着くと、すぐ、高森に向かい、午後には、高森警察署に着き、伊知地警部たちと、再会した。

「今頃、林田と、久保は、大阪のホテルに、チェック・インしている筈です」

と、十津川は、腕時計に、眼をやりながら、いった。

五、六分して、西本から、高森署へ、電話が入った。

「二人が、大阪のSホテルに、チェック・インしました。ツイン・ルームです。前と同じ方法のアリバイ作りをするものと思います」

と、西本は、十津川に、いった。

その電話のあと、十津川と、亀井は、車で、ニセのカップルが入っているホテルに、出かけた。

温泉のあるホテルで、温泉治療も、やっていた。温泉を使ったリハビリテーションである。

三浦《みうら》巡査と、東条冴子《とうじょうさえこ》巡査は、頭に包帯を巻き、パジャマ姿で、十津川を迎えた。

「間もなく始まるよ」

と、十津川は、二人に、いった。

二人とも、緊張していたが、十津川は、その緊張を、解きほぐすようなことはしなかった。こんな時は、むしろ、緊張していた方がいいと、思ったからである。

高森署に戻ると、伊知地が、これも、緊張した顔で、

「今、熊本の病院から、電話がありました。入院している若いカップルの様子を、聞いて来たそうです。男の声の電話だといっていました」

「それで、何と、答えたんですか？」

「予定どおり、リハビリのため、高森のホテルに、移したと、答えたそうです」

「その電話の男は、名前は、いったんですか？」

「親戚《しんせき》の者だといっただけで、名前はいわなかったそうです」

「すると、あの二人のどちらかでしょうね」

と、十津川は、いった。

だが、この日は、夜になっても、何事もなかった。

大阪にいる西本と、日下の二人からも、林田たちは、市内のホテルに入ったまま、動かないという連絡だった。

翌朝、八時半頃に、西本から、電話が入った。

「今、林田と、久保の二人が、ホテル一階のレストランで、朝食をとっています」

と、西本が、いった。

「どんな顔をしているね？」

と、十津川は、きいた。

「何か、にこにこ笑いながら、話しています」

「笑いながら？」

「ええ」

「君たちに尾行されているのを、知っているのかも知れないな」

「かも知れませんが──」

と、西本は、いいかけて、急に、黙ってしまった。受話器を放り出して、どこかに行ってしまった感じで、いくら、呼びかけても、応答がない。

「もしもし。どうしたんだ？　おい！」

と、十津川は、不安になって、大声をあげた。

「もしもし」

と、やっと、西本の声が、戻って来た。

「何があったんだ？」

「瞞《だま》されました」

「何のことだ？」

「てっきり、二人で、朝食をとっていると思っていたんですが、違っていました。久保は、本物ですが、林田の方は、よく似ているが、別人でした。やられました」

「林田は、いつ、いなくなったんだ？」

「昨日の夕方六時までは、間違いなく、このホテルにいました。入れ替わったとすれば、そのあとです」

「その時に、大阪を出ているとすれば、もうこっちに着いているな」

十津川は、電話を切ると、すぐ、伊知地警部に、話し、亀井を促して、ホテルに、急いだ。

南阿蘇鉄道の高森駅には、県警の刑事が、張り込んでいる。彼等は、林田と、久保の顔写真を、何回も見ているから、彼等のどちらかが、降りて来れば、すぐ、連絡が来る筈だった。

それがないのは、まだ来ていないか、別のルートから来ようとしているかだ。

（恐らく、別のルートで来るだろう）

と、十津川は、思っていた。

前に、南阿蘇鉄道の車両を爆破しているから、このルートは、使いにくい筈である。

だが、どのルートかと考えると、予測は、難しい。

宮崎県側から、高千穂に出て、高森へ来るかも知れないし、阿蘇の山側から降りて来るかも知れない。

それに、ホテルは、外から入っても、誰も、怪しまれないのだ。

ホテルには、七人の県警の刑事が、フロント係や、泊まり客になって、潜《ひそ》んでいる。

「林田は、どうやって、ホテルに入って来ますかね？」

と、亀井が、ホテルの外で、十津川に、いった。

二人の隠れている場所から、ホテルの入口が、よく見える。

「まず考えられるのは、変装して、泊まり客として入って来るか、それとも、出入りの業者に化けて入って来るかだと思うがね」

と、十津川は、いった。

「ホテルの中には、入《い》れるわけですね？」

「そうだ。例の二人は、五階の五〇六号室にいる。その部屋に、入って、二人を殺そうとするところを、捕まえたい。県警も、同じ戦法でね」

と、十津川は、いった。

「果たして、林田が、うまく、こちらの思う通りに動いてくれるでしょうか？」

「どうかな？　向こうだって、用心してくるんだからね」

と、十津川は、いった。

時間が、たっていった。が、林田らしい人間は、なかなか、現われなかった。

見過ごしたかと思ったが、ホテルの中にいる刑事たちも、まだ、林田を見ていなかった。

むろん、五〇六号室にいる三浦と、冴子も、無事だった。

昼を過ぎても、事態は、変わらなかった。見張る側に、次第に、疲労と、いらいらが、強くなってくる。

午後六時。

もう暗くなってきた。

十津川が、腕時計を、顔に近づけるようにして、その時刻を確認した時だった。

突然、ホテルのロビーで、激しい爆発音が聞こえた。入口から、たちまち、煙が、噴き出してきた。

何が起きたかわからなかった。が、十津川と、亀井は、反射的に、物陰から飛び出し、ホテルの入口に向かって、走り出していた。

猛烈な煙だった。

その煙に包まれると、眼が、開けていられない。

（催涙ガス？）

明らかに、催涙ガスなのだ。激しく咳込《せきこ》み、涙が出てくる。

ロビーは、そのガスが、充満していて、視界が、利かない。呻《うめ》き声《ごえ》をあげている人間がいるのだが、どこにいるのか、見えないのだ。

「裏口から入ろう！」

と、十津川は、叫び、いったん、ホテルの外に、逃げ出した。

「畜生！」

と、亀井が、叫んだ。

あとから、あとから、涙が出てしまう。それでも、二人は、裏側へ向かって、駈けて行った。

従業員出入口と書かれたドアの前にも、県警の刑事が、立っていた。

「何があったんですか？　爆発音が聞こえましたが」

と、その刑事が、きいた。

「ここを通った人間は？」

「誰もいません」

「入るぞ」

と、短くいって、重いドアを開けた。

レストランのキッチンへ通じる細い通路も、白煙が、充満している。

「とにかく、五階へ行くんだ！」

と、十津川が、大声で、いった。

もう一度、外に出ると、非常階段を、あがることにした。

どの階の部屋でも、窓を開け、泊まり客が、助けを求めていた。

非常階段に取りすがって、降りてくる客もいる。

それを、上《のぼ》りながら、二人は、五階へあがって行った。

五階の踊り場にたどりついたが、非常ドアが開かない。内側からしか、開けられない構造なのだ。

（カギ！）

と、思った。が、また下へ降りて、取ってくる余裕はない。

非常ドアを、二人で、叩き、蹴飛《けと》ばした。

それが、合図だったかのように、内側から、突然、ドアが開き、白煙と一緒に、一人、二人と、泊まり客が、飛び出してきた。

五階の廊下も、催涙ガスで、あふれていた。

一階にあふれた白煙が、階段を伝って、二階、三階へと、あがって来たのか。

十津川と、亀井は、五〇六号室に向かって、突進した。

ドアが開いていた。

中に飛び込んで、ドアを閉めた。

ツイン・ルームの中で、包帯姿の三浦と、東条冴子が、ガスマスクをつけた男と、格闘しているのが見えた。

部屋の中は、窓が開いているせいで、催涙ガスは、ほとんどないのだが、十津川と、亀井は、眼が痛み、眼の前の人物が、ぼやけてしまう。

「くそ！」

と、十津川は、唸《うな》りながら、痛む眼を、一杯に見開く。

ガスマスクの男。それに向かって、むしゃぶりついた。

とたんに、左腕に、激しい痛みが走った。

刃物が、彼の左腕を、切り裂いたのだ。

十津川は、それでも、相手を離さず、一緒に、床に転がった。

亀井と、二人の巡査が、その上に、折り重なってきた。

9

林田は、逮捕された。逮捕の理由は、傷害容疑である。

十津川は、すぐ、大阪のホテルにいる西本と日下の二人に電話をかけ、久保を、参考人として同行を求めるように、いった。

そのあと、伊知地警部に、病院へ連れて行って貰い、左腕の手当てを受けた。幸い、傷は、さほど深くない。

むしろ、眼の痛みの方が、いつまでも残った。洗眼しても、痛みが、消えてくれないのだ。

翌日、旅館で、休んでいるところへ、伊知地警部が、見舞いに来てくれた。

「十津川さんも、傷が治るまで、こちらの温泉に泊まっていかれたら、いかがですか」

と、伊知地は、いった。

「林田は、自供しましたか？」

と、十津川は、きいた。

「少しずつ、自供しています。証人を殺しに来たことは、事実だし、十津川さんを、傷つけましたからね。間もなく、四月十五日の爆破も、認めると、思います」

伊知地は、そういって、微笑した。

「あの爆発と、催涙ガスは、やはり、林田がやったんですか？」

「奴は、大阪を出発するとき、宅配便で、あのホテル宛に、荷物を届けたんです。翌日、着くようにです」

「しかし、ホテルの誰宛に、送ったんですか？」

「なかなか頭がよくて、電話で、まず、あのホテルに、予約をしたんですよ。もちろん、林田じゃなくて、山田功《やまだいさお》という名前でです。明日の午後行くので、よろしくといいましてね。そうしておいて、ホテル内山田功行ということで、荷物を送ったんです。ホテルとしては、ああ、予約されたお客の荷物だなというので、フロントが預かっていて、山田功という客が来たら、渡すことにしていたんです」

「そうしたら、午後六時に、爆発か」

「そうです。時限装置つきのダイナマイトと催涙ガスのタンクが、何本も、入っていたわけです。たちまち、ロビーに、催涙ガスが立ち籠めたということです」

「そうしておいて、林田は、ガスマスクをつけて、ホテルに入り、五階にあがって行ったわけですね」

「そうです。張り込みの刑事に、ガスマスクを、持たせておけば、よかったんですが――」

と、伊知地は、いった。

「私も持っていればと思いましたよ」

と、十津川は、笑った。

更に二日たって、林田が、全てを、自供した。

二年前に偶然、男が、若い娘を背後から、刺殺するのを目撃した。

林田は、犯人が、M銀行の貸付係とわかると、脅迫を始めた。

藤原、久保と、三人で作った会社への融資をしろ、さもなければ、警察にいうぞと、脅したのである。

平山は、その脅迫に負けて、五億、十億と、不正融資を始めた。

六十億になった時、これ以上、出来ないと、いってきた。

警察も、動き出す気配を感じて、林田と、久保は、全ての責任を、社長の藤原にかぶせることにした。

藤原が、六十億を持って、逃げ出したことにしたのだ。

そして、会社は、倒産。

藤原は、奥多摩《おくたま》に誘い出して殺して、埋めた。

これは、上手《うま》くいったのだが、問題は、平山だった。

口封じに、一億円を渡したのだが、故郷の熊本県の高森にペンションを建ててから、もっと、リベートを寄越せと、いい出した。六十億円も渡したのだから、五、六億は、寄越してもいいだろうと、いい出したのだ。

それに、平山が、警察に捕まってしまえば、藤原社長を、失踪《しっそう》に見せかけて殺したことも、わかってしまうかも知れない。

そこで、平山の口を、完全に封じてしまうことを、考えた。

東京で殺したのでは、まずい。

平山が、ペンションを見に行くということを知り、ペンションごと、吹き飛ばしてしまおうと、計画し、ダイナマイトを、手に入れた。

仲間の久保と、大阪のホテルに泊まっていることにして、アリバイを作ってである。

四月十四日の夕方、新大阪から、博多行の新幹線に乗り込むと、平山が、乗っていた。

飛行機嫌いの平山は、東京から、博多まで新幹線にしたのだ。

ところが、林田が、平山を見張っていると、彼以外にも、男が一人、平山を見張っていることに気がついた。

どうやら、刑事らしい。何しろ、平山は、連続殺人事件の犯人なのだから、警察が、眼をつけるのが、当然だと思った。

しかし、こうなると、高森のペンションで、殺すわけにはいかなくなってしまった。

それどころか、平山は、逮捕されたら、林田と、久保のことだって、喋《しゃべ》ってしまうだろう。

そこで、林田は、平山と一緒に、刑事らしい男も殺してしまおうと、考えた。

幸い、立野から、一両編成の南阿蘇鉄道に乗った。

平山が、終点の高森まで行くことは、わかっている。尾行する刑事も、当然、高森まで行く。

そこで、高森へ着く寸前に時限装置を合わせ、林田は、立野を出てすぐ、次の駅で降りてしまった。車内で、平山に、気付かれるのが、怖かったからである。

そして、爆発が起き、平山と、刑事が、死んだ。

それが、林田の自供の全てだった。

藤原社長の遺体は、自供通り、奥多摩の山中で、掘り出された。

事件は、解決した。

「しかし、一つだけ、解決しないことがあるよ」

と、十津川は、亀井に、いった。

「何です？」

「平山が、三人の女を、次々に殺していった心理だよ」

解説――いつもながらの頼もしい十津川警部の捜査行

山前　譲

　十津川警部や亀井刑事が日本各地を巡って解決した事件の数は、トータルするといったいどれくらいになるのだろうか。「働き方改革」がこのところ日本社会のキーワードとなっているが、刑事たちには無縁のようだ。たとえば『豪華特急トワイライト殺人事件』のように、たまに休暇を取って十津川が妻の直子と旅行を楽しもうとしても、事件が起こってしまうのである。本書『十津川警部　殺意の交錯』には、日本一忙しい警察官と言える十津川警部が解決した四つの事件が収録されている。

　亀井刑事にしてもたまの休暇をのんびりとは過ごせない。たとえば「青に染まった死体」では鉄道マニアの長男・健一と伊豆《いず》を旅しているが、その健一が事件の目撃者となってしまうのだ。その短編のように伊豆を舞台にしたものは西村作品に多いけれど、「河津・天城連続殺人事件」（C★NOVELS『河津・天城連続殺人事件』〈中央公論新社　一九九九・四〉に表題作として書き下ろし　中公文庫『河津・天城連続殺人事件』収録）もそのひとつである。

河津七滝《かわづななだる》のひとつ、釜滝《かまだる》に近い河原で、男性の死体が発見される。銃弾が三発、命中していた。東京の人間だというので警視庁に協力を要請したが、捜査本部に十津川警部と亀井刑事がやってきた。被害者は東京都内で起こった連続女性殺害事件の容疑者だというのだが……。七滝近くの旅館に泊まったミステリアスな女性が、謎解きの興味をそそっていく。

東伊豆に位置し、伊豆急行の河津駅と今井浜海岸《いまいはまかいがん》駅がある河津町は、多くの滝が観光名所となっているそうだが、なかでも有名なのが河津七滝である。河津川の一・五キロほどの区間にある七つの滝、すなわち下流から大滝《おおだる》、出合滝《であいだる》、かに滝《だる》、初景滝《しょけいだる》、蛇滝《へびだる》、えび滝《だる》、釜滝の総称だ。河津地方では「滝」を「たる」と読むそうだが、この七つの滝は「だる」と濁る。遊歩道が整備されていて気軽に散策できるので、観光客で賑《にぎ》わっている。

二月上旬から咲きはじめる河津桜も有名だ。川端康成『伊豆の踊子』にちなんだブロンズ像がある。そして近くには河津七滝温泉の温泉街もあるが、さまざまな温泉を堪能できるのが伊豆観光の魅力だろう。どうやら温泉好きらしい十津川警部が何度となく足を運ぶのも当然である。

タイトルに「伊豆」を織り込んだ長編だけでも、『南伊豆高原殺人事件』を最初に、『伊豆の海に消えた女』、『伊豆海岸殺人ルート』、『伊豆誘拐行』、『南伊豆殺人事件』、『伊豆下賀茂で死んだ女』、『西伊豆　美しき殺意』などがある。『死のスケジュール天城峠』は「河津・天城連続殺人事件」と合わせて読みたい長編だ。「十津川警部の休暇」や「河津七滝に消えた女」のように、妻の直子と連れ立っての休暇の旅でも十津川は伊豆半島を訪れている。もちろん事件が旅のお供となっているのだが。

「北陸の海に消えた女」（「小説現代」一九九六・一　講談社文庫『北陸の海に消えた女』収録）は、石川県加賀《かが》市の山中《やまなか》温泉でまず事件が起こっている。大手製薬会社の役員をしているという男の刺殺死体が、ホテルの一室で発見されたのだ。さらに海岸で女性の死体が発見され、捜査は混迷を深める。被害者はふたりとも東京在住だったが、直接的に捜査するわけにはいかない。十津川は休暇を取って、亀井とともに北陸へと向かう。

山中温泉は開湯が千三百年以上前と言われる古湯で、いわゆる加賀温泉郷のひとつだ。その温泉郷は十津川シリーズのそこかしこに登場してきた。その他、十津川警部シリーズでは『能登花嫁列車殺人事件』など能登《のと》半島を舞台にしたものが多かったが、二〇一五年三月に北陸新幹線が金沢駅まで延伸されてからは、『暗号名は「金沢」　十津川警部「幻の歴史」に挑む』、『東京と金沢の間』(のちに『東京―金沢69年目の殺人』と改題)、『十津川警部　北陸新幹線殺人事件』、『十津川警部　北陸新幹線「かがやき」の客たち』など事件はヴァラエティに富んでいる。

突然警視庁を辞めた岡部が、伯備《はくび》線の特急「やくも15号」にはねられて死んでしまったのが「L特急やくも殺人事件」(「週刊小説」一九八八・五・十三　角川文庫『L特急やくも殺人事件』収録)だ。吉備路《きびじ》を歩いて、それから出雲《いずも》へ行ってみたいと言っていたのだが……。岡部と組んで仕事をしたことはなかった十津川だが、三上刑事部長の指示で、やはり亀井とともに岡山へと向かうのだった。

吉備路にまつわる古代史に西村氏は関心が高いようである。近作に『吉備古代の呪い』や『十津川警部　出雲伝説と木次線』といった長編があるからだ。その吉備路に十津川と亀井の精力的な捜査行が展開されている。

一方、「阿蘇で死んだ刑事」(「小説すばる」一九九〇・七　集英社文庫『幻想と死の信越本線』収録)は現役刑事の死である。第三セクター南阿蘇鉄道のレールバスが阿蘇白川駅を出た直後、車内で爆発が起こり、五人が死亡してしまう。その犠牲者のひとりが警視庁捜査一課刑事の加東だった。十津川と亀井がすぐに九州へと向かう。加東刑事はなぜその列車に乗っていたのか？　必死の捜査がつづけられる。

新しい路線が開通し、新しい列車が走る一方で、路線や列車の廃止も珍しくはない。日本の鉄路はまるで生き物のように成長し、そして変身していくのである。ここで事件が起こっている南阿蘇鉄道の歴史もなかなか興味深い。

かつては国鉄の一路線だった。一九二八年、豊肥《ほうひ》本線（当時は宮地《みやじ》線）の支線として、立野《たての》・高森《たかもり》間が開通した。同年、豊肥本線の全線開通に伴い、高森線となる。そのまま延岡《のべおか》まで延伸する計画があったが、それは叶《かな》わなかった。

国鉄末期には廃止の予定があったが、一九八六年、第三セクターの南阿蘇鉄道に転換されて生き延びたのである。阿蘇山周辺だけに観光にも力を入れていて、トロッコ列車が走っている。水面からの高さが日本有数の鉄橋や読み仮名順では日本一長い駅名の「南阿蘇水《みなみあそみず》の生まれる里白水高原駅《はくすいこうげん》」は、鉄道ファンの心をそそっていた。

ところがその鉄路が奇禍に遭う。二〇一六年四月十四日の熊本地震である。甚大な被害で全線がストップしてしまった。同年七月に一部区間で運転が再開されたが、全面復旧にはさらなる期間と少なからぬ費用が必要とのことで心配された。しかし、二〇二三年夏に全線復旧予定という嬉しいニュースが伝えられている。ここでは地震前の南阿蘇鉄道の魅力が十二分に語られていると言えるだろう。

国鉄分割民営化後のＪＲ九州は、九州新幹線の開通によって利便性が増すとともに、ユニークな列車を次々と走らせた。それに刺激されたのか、近年の西村作品では、『九州新幹線マイナス1』、『「ななつ星」極秘作戦』、『「ななつ星」一〇〇五番目の乗客』、『十津川警部　九州観光列車の罠』、『十津川警部　長崎　路面電車と坂本龍馬』、『平戸から来た男』などと、九州各地を舞台にしている。

鉄道の変化を、そして日本社会の変貌を捉えつつ、さまざまな事件が起こってきた十津川警部のシリーズである。十津川や亀井にのんびりと休暇を過ごす時間はないようだが、申し訳ないけれど、読者のためにそれは我慢してもらおう。

（初刊本の解説に加筆・訂正しました）

二〇二二年三月

この作品は2020年3月徳間書店より刊行されました。
なお、本作品はフィクションであり実在の個人・団体などとは一切関係がありません。

徳間文庫

十津川《とつがわ》警部《けいぶ》 殺意《さつい》の交錯《こうさく》

2022年4月15日 初刷

著者 西《にし》村《むら》京《きょう》太《た》郎《ろう》

発行者 小宮英行

発行所 株式会社徳間書店

東京都品川区上大崎三—一—一 〒141—8202
目黒セントラルスクエア

電話 編集〇三(五四〇三)四三四九
販売〇四九(二九三)五五二一

振替 〇〇一四〇—〇—四四三九二

印刷 大日本印刷株式会社
製本

ISBN978-4-19-894736-1 (乱丁、落丁本はお取りかえいたします)